MARKOLWES

EIN WESTERWALDKRIMI

Von Manfred Röder sind bisher erschienen:

Abrechnung – Abgefischt
Schneckentänzer
Offene Rechnung
Obolus

Manfred Röder, Jahrgang 1951, war jahrelang bei einer Kommunalverwaltung beschäftigt. Zuletzt leitete er die Ordnungs- und Sozialabteilung.
Zunächst schrieb er Liedtexte auf Wäller Platt. Einige werden sich wohl noch an „Det Läppchen", „Meistens ränt et" und andere Titel von *Unplugged off Platt* erinnern.
2011 erschienen die ersten Westerwaldkrimis um das Ermittlerduo Ulla Stein und Christoph Leyendecker.
Manfred Röder lebt mit Frau und Kater in seinem Geburtsort Hachenburg im Westerwald.

MANFRED RÖDER

MARKOLWES

EIN WESTERWALDKRIMI

Bibliografische Information der Deutschen Nationalbibliothek. Die Deutsche Nationalbibliothek ver-
zeichnet diese Publikation in der Deutschen Natio-
nalbibliografie; detaillierte bibliografische Dateien
sind im Internet unter http://dnb.dnb.de abrufbar.

Herstellung und Verlag:
BoD – Books on Demand, Norderstedt

ISBN: 978-3-7448-5632-4

Markolwes – Wächter der Mark
So nennt man in Teilen des Westerwaldes den Eichelhäher, der über die Bewohner des Waldes wacht. In einem modernen Staat ist das die Aufgabe der Frauen und Männer der Polizei.

Jo! Ich sein werrer do.
Wend en den Hoor,
Lehmen onner den Schoh.
Ich kann den Rän spiern,
den Markolwes rofen hiern.
Ich fehlen mich wohl.
Ich sein werrer do.
Unplugged off Platt

Anfang Oktober 1994
Ein kleines Gehöft im Kanton Wallis/Schweiz

Der Hund, der bis dahin vor dem Sofa geschlafen hatte, hob den Kopf, spitzte aufmerksam die Ohren und sprang dann auf. Ein dunkles Knurren war aus seiner Kehle zu hören. Die Nackenhaare sträubten sich.

Vermutlich lief wieder ein Fuchs über den Hof. Es konnte auch ein Marder sein. Aber die Hühner waren sicher im Stall eingesperrt. Da konnte nicht viel passieren. Gelegentlich verirrten sich auch andere Wildtiere, wie Rehe oder Wildschweine, hierher. Das war nichts Besonderes. Aber der Hund gewöhnte sich wohl nicht daran.

Der alte Bauer lebte seit Jahren allein auf dem kleinen Bauernhof. Ein paar Hühner, drei Kühe und der alte Traktor genügten ihm, um sich weitgehend autark zu versorgen. Seine Tochter machte sich Sorgen um ihn und hatte ihn mehrfach gebeten, zu ihr in die Stadt zu ziehen, aber das hatte er immer abgelehnt, denn er wollte seine Selbstständigkeit nicht aufgeben. Er kam noch ganz gut allein zurecht.

Der Hund knurrte erneut.

Der Bauer schaute aus dem Fenster. Draußen war es wie immer. Er konnte nichts Auffälliges erkennen. „Ruhig", beschwichtigte er und streichelte über den Kopf des Hundes. „Was soll schon da draußen sein. Da ist nichts. Leg dich doch wieder hin."

Aber der Hund gab keine Ruhe. Er rannte aufgeregt zu Tür und bellte.

„Also gut, sehen wir nach. Sonst gibst du ja den ganzen Abend keine Ruhe." Der Bauer rappelte sich auf. Er nahm die Leine vom Haken und legte sie sich um die Schulter, bevor er den Hund anleinte. Das machte er zur Sicherheit des Hundes, der vor drei Jahren mit einer Bache aneinandergeraten war, die Junge führte. Das war damals für den Hund nicht gut ausgegangen. Der Tierarzt hatte ihn damals mühsam zusammenflicken müssen. Das sollte nicht noch einmal passieren.

Im Besenschrank stand seine alte Schrotflinte, die er manchmal noch nutzte, um ein paar Kaninchen zu schießen. Er nahm zwei der Schrotpatronen aus der Packung und lud damit die Flinte. Eine Stabtaschenlampe, die er aus einer Schublade nahm und überprüfte, ob die Batterien noch genügend Saft hatten, vervollständigte seine Ausrüstung.

Als er nach draußen kam, schaute er sich sorgfältig um. Aber es schien alles ruhig zu sein. Er konnte nichts entdecken. Doch der Hund zog ihn zielgerichtet in Richtung des alten Renaults, den er vor der Scheune geparkt hatte. Bevor er etwas sah, hörte er das holprige, hustende Geräusch des anspringenden Motors. Er war sich aber sicher, dass der Autoschlüssel oben auf dem Wohnzimmertisch lag.

Eilig rannte er zur Fahrertür des Wagens und riss diese auf. Im ersten Moment war er erstaunt, dass eine Frau in der Lage war, einen PKW kurzzuschließen. Dann nahm er jedoch wahr, dass ihn die junge Frau mit weit aufgerissenen Augen völlig verängstigt anstarrte. Sie und das etwa sechsjährige Kind boten einen jämmerlichen Anblick. Beide waren spärlich bekleidet und zitterten am ganzen Körper. Ob das nun wegen der Kälte oder der Angst, die in ihren Augen stand, geschah, konnte er nur vermuten.

Er hatte eine leise Ahnung, woher die beiden kamen. In einem Chalet, das etwa drei Kilometer entfernt lag, lebten seit ein paar Jahren Fremde, die der einheimischen Bevölkerung suspekt erschienen, und um die sich einige aberwitzige Geschichten rankten. Wenn man einem der Bewohner begegnete, grüßte der freundlich, aber einen näheren Kontakt gab es nie. Kein Wunder, dass über die Fremden getuschelt wurde, und dass viele Gerüchte die Runde im Dorf machten. Die abenteuerlichsten Vermutungen wurden geäußert. Aber was in Wahrheit dort vorging, wusste keiner genau.

„Sie bringen alle um! Aber doch nicht die Kinder! Wir konnten glücklicherweise gerade noch fliehen. Ich muss uns in Sicherheit bringen! Lassen Sie uns bitte fahren!", flehte die junge Frau verzweifelt.

Der Alte war einen kurzen Moment fassungslos. Er war nicht in der Lage einzuordnen, was die junge Frau ihm da sagen wollte. Doch ihre Angst war spürbar. Einen Moment war er verwirrt und wusste nicht, was er tun sollte. Aber dann fing er sich wieder. Schließlich hielt er ja die Flinte in der Hand. Von der jungen Frau ging für ihn keine unmittelbare Gefahr aus.

„Kommen Sie doch mit ins Haus, wärmen Sie sich auf, Sie sind ja ganz durchgefroren. Eine heiße Milch wird Ihnen und dem Kind guttun", schlug er vor. „Vielleicht finden wir auch ein paar Kleidungsstücke, die Ihnen und dem Kind einigermaßen passen. Ich habe Telefon im Haus, damit können wir auch die Polizei verständigen. Die kann in wenigen Minuten hier sein. Dann sind Sie und das Kind in Sicherheit. Kommen Sie, geben Sie mir Ihre Hand. Ich helfe Ihnen aus dem Auto."

„Keine Polizei", bat sie mit erstickter Stimme. „Die kann uns auch nicht helfen. Wir müssen für immer verschwinden. Sie dürfen uns nicht finden."

Er sah die Verzweiflung und Todesangst in den Augen der Frau und überlegte einen kurzen Augenblick. Dann senkte er langsam die Waffe. „Ich wünsche Ihnen alles Gute. Möge Gott Sie beschützen", sagte er und schloss leise die Autotür.

Er stand lange da und schaute dem Wagen hinterher. Als die Rücklichter des alten Renaults verschwunden waren, drehte er sich um und ging zurück ins Haus.

Später sah er dann das Feuer, das den Nachthimmel erleuchtete.

Das Auto wurde ihm nach einigen Tagen zurückgebracht. Er fragte sich noch Jahre später, was wohl aus der Frau und dem Kind geworden war.

Kapitel 1

Als die alten Frauen in den hinteren Reihen mit ihren dünnen Stimmchen *Wir wollen zum Land ausfahren* anstimmten, wäre Albert Glückstadt am liebsten wieder ausgestiegen. Am frühen Morgen konnte er diese aufgesetzte Fröhlichkeit, zumindest empfand er das so, nur schwer ertragen. Aber was hatte er auch erwartet? Die meisten Teilnehmer an diesen Tagesfahrten mit dem Reisebus der Firma Kleiber aus Siegburg waren nun einmal ältere Damen oder Ehepaare. Glückstadt als alleinstehender Mann war da eher eine Ausnahme. Eigentlich gefielen ihm diese Fahrten auch nicht besonders, aber irgendwie musste er seine Zeit ja totschlagen, und seit seine Esther vor drei Jahren verstorben war, fiel ihm zu Hause allzu häufig die Decke auf den Kopf. Spätestens um elf Uhr hatte er die Zeitung dreimal gelesen und mehrere Sudoku-Rätsel gelöst. Ein Hund hätte ihm sicher gutgetan, aber damit wäre Eberhard, der alte schwarze Kater, nicht einverstanden gewesen. Etwas Abwechslung brachten diese Ausflüge dann doch, und die Firma Kleiber war ein seriöses Unternehmen, bei dem er nicht Gefahr lief, in irgendeinem renovierungsbedürftigen Wirtshaussaal zu landen, wo man ihm irgendwelche Heizdecken oder anderes überteuertes Zeug andrehen wollte.

Diesmal führte die Fahrt in den Westerwald. Sie hatten Glück. Bis auf ein paar Wölkchen wurde es ein sonniger Tag, was bisher in diesem Frühjahr durchaus öfter der Fall war, sodass die Natur zwei Wochen voraus war. Einige Rapsfelder zeigten sich schon in strahlendem Gelb.

Zunächst begaben sie sich auf die Spuren Friedrich Wilhelm Raiffeisens, was sie unter anderem nach Hamm und Weyerbusch führte. Die Lebensgefährtin des Busfahrers, die den Tross als Reiseleiterin begleitete, hatte ihre Hausaufgaben recht gut gemacht, denn sie konnte einiges aus dem Leben des Erfinders der Genossenschaften berichten.

Später ging es dann weiter, und nach etwas mehr als einer halben Stunde Fahrt erreichten sie die Zisterzienserabtei Marienstatt. Das gesamte Areal des Klosters war in einem ausgezeichneten Erhaltungszustand, wie Glückstadt bei einer etwa einstündigen Führung feststellen konnte. Anscheinend war das doch kein so schlechter Tag, dachte er. Aber diese Einschätzung musste er wenig später revidieren.

Schließlich war es an der Zeit, zu Mittag zu essen. Das Essen war im Reisepreis enthalten. Am Morgen hatte man sich in eine Liste eintragen können, in der man zwischen drei verschiedenen Gerichten wählen konnte. Glückstadt hatte sich für Schweinebraten mit Püree und Kraut entschieden, und er freute sich schon auf die deftige Mahlzeit. Allzu oft bekam er so etwas ja nicht mehr. Ohnehin rentierte sich das Kochen für eine Person nicht. Gelegentlich lud ihn seine Nachbarin zu einer ausgiebigen Mahlzeit ein, die er dann auch genoss.

Das dunkle Bier kam zügig und schmeckte ausgezeichnet. Aber dann verfestigte sich der Eindruck, dass heute nicht gerade sein Glückstag war. Statt des erwarteten Schweinebratens stand nämlich ein großer gemischter Salat vor ihm. Während sich alle über ihr Essen hermachten, versuchte Glückstadt vergeblich, die Kellnerin herbeizurufen, um den Irrtum aufzuklären, denn die hatte sich inzwischen einem anderen Tisch zugewandt.

Schließlich konnte er dann doch ihre Aufmerksamkeit gewinnen. „Ich habe einen Schweinebraten bestellt", reklamierte er.

Die junge Dame schaute ihn vorwurfsvoll an. „Das ist nicht meine Schuld," verteidigte sie sich kurz angebunden. „Ich habe die Essen geliefert, die telefonisch bestellt wurden. Mehr kann ich wirklich nicht tun. Da müssen Sie sich schon untereinander einig werden."

Glückstadt hatte sie ja nicht direkt beschuldigt, aber irgendwo musste man doch reklamieren. Er wurde langsam ungehalten. Zum einen hatte er jetzt tatsächlich Hunger, zum anderen ging es ihm nun ums Prinzip.

Die junge Reiseleiterin schaltete sich ein: „Es kann ja sein, dass etwas schief gelaufen ist, aber Sie sehen doch, dass alle anderen zufrieden sind.

So nehmen Sie halt den Salat. Er sieht doch sehr gut aus."

„Da liegt der feine Unterschied", erklärte er. „Wenn alle anderen zufrieden sind, nützt mir das gar nichts. Ich bin es jedenfalls nicht. Es kann ja sein, dass der Salat sehr gut aussieht, ich will ihn aber nicht heiraten. Ich verlange meinen Schweinebraten!", beharrte er auf seinem Recht, wofür ein kollektives Kopfschütteln erntete.

„Obwohl ich keine Schuld bei unserem Reiseunternehmen sehe, wollen wir doch, dass unsere Kunden zufrieden sind. Sie sollen Ihren Schweinebraten haben", lenkte die Freundin des Busfahrers schließlich ein.

Damit hatte sie ihm nun den Wind aus den Segeln genommen.

Viele der Mitreisenden sahen ihn mitleidig an. Einige der Damen fingen an zu tuscheln. Irgendein notorischer Nörgler sei ja bei jeder Fahrt dabei.

„Das wird etwas dauern, bis der Braten fertig ist", informierte die Bedienung, und damit hatte sie noch untertrieben.

Als dann endlich der einsame Schweinebraten kam, waren alle anderen mit dem Essen fertig, sodass Glückstadt uneingeschränkt die volle Aufmerksamkeit seiner Reisegruppe genießen konnte. Jeder seiner Bissen wurde aufmerksam beobachtet. Einige schauten demonstrativ auf die Uhr, andere raschelten mit ihren Mänteln. Der Appetit war ihm längst vergangen. Aber diese

Genugtuung wollte er denen doch nicht geben. Er zwang sich, den Teller komplett zu leeren.

„Wir haben etwas Zeit verloren", meldete sich die Reiseleiterin. In ihren Worten schwang ein vorwurfsvoller Unterton mit. Selbstverständlich gab sie Glückstadt die Schuld an der Verzögerung. „Wir müssen uns beeilen. Wir werden im Landschaftsmuseum Westerwald erwartet."

Natürlich blieb ihm keine Zeit mehr, die obligatorische Zigarette zu rauchen, was seiner Laune nicht gerade zuträglich war.

Aber es dauerte gerade einmal zehn Minuten, da hielt der Bus auch schon wieder. Glückstadt war der Erste, der draußen war, und zündete sich eine Zigarette an.

Das Museum lag offenbar in einem größeren Park mit altem Baumbestand. Man konnte mehrere Fachwerkgebäude erkennen.

„Wenn Sie mir bitte folgen würden!", rief die Lebensgefährtin des Busfahrers. Sie winkte mit einem Schirm und eilte durch eine Lücke in der Mauer, die den Park einfasste.

Glückstadt hatte erst einmal genug von den anderen. Es brodelte immer noch in ihm. Er folgte zwar bis in den Park, hielt dann aber kurz inne und zündete sich eine weitere Zigarette an. Danach wandte er sich nach rechts und ließ die Gebäude des Museums links liegen. Sein Weg führte ihn in einen Abschnitt, den man anscheinend mit Absicht etwas verwildern ließ, denn hier zeigte sich unter den großen Laubbäumen mehr

Unterholz, als in den anderen Teilen. Im Sommer war dort sicher alles zugewachsen. Auch waren hier die Wege nicht geteert, wie in den anderen Bereichen des Parks. Er fand das eigentlich eine gute Idee. Es musste nicht überall übertriebene Ordnung herrschen.

Er folgte dem schmalen Pfad und landete zu seiner Überraschung kurz darauf vor einem mehrere Meter hohen Zaun, der ihn an den Käfig erinnerte, in dem Charly Baumann seine Tigergruppe vorgeführt hatte, wenn er in seiner Jugend zusammen mit seinem Vater den Zirkus Roland besucht hatte.

Hier einen solchen Zaun vorzufinden, war schon seltsam. Der Sinn dieses Zaunes erschloss sich ihm nicht. Aber heutzutage war es ja in Mode gekommen, Zäune zu bauen. Das Geschäft mit Zäunen und Mauern florierte. Je nach Perspektive dienten diese dazu, jemanden ein oder jemanden auszusperren. Es lag auch immer daran, auf welcher Seite des Zaunes man sich gerade befand.

Glückstadt hing diesen Gedanken nicht weiter nach, die ihm dann doch zu philosophisch erschienen. Kurz darauf kam er an einen weiteren Durchbruch in der Mauer. Noch im Inneren des Parks stand ein alter vergammelter Holzschuppen. Dessen Tor war zwar mit einem Vorhängeschloss verschlossen, aber in der Seitenwand fehlten einige Bretter, sodass man ihn leicht betreten konnte. Eigentlich schenkte er dem alten

17

Schuppen keine Beachtung. Aber als er vorbeiging, überkam ihn ein seltsames Gefühl. Irgendetwas stimmte hier nicht. Was das war, konnte er nicht sagen. Möglicherweise hatte er etwas aus den Augenwinkeln wahrgenommen. Er hielt inne und ging dann ein paar Schritte zurück. Er hatte tatsächlich etwas gesehen. Zuerst sah er nur diesen Turnschuh. Heutzutage würde man wohl eher Sneaker sagen.

Vorsichtig trat er etwas näher. Im Halbdunkel konnte er erkennen, dass zu dem Turnschuh ein Bein gehörte. Dann bemerkte er die Frau, die reglos dalag. Sei erster Gedanke war, einfach weiter zu gehen. Vielleicht war das jemand, der seinen Rausch ausschlief. Was ging ihn das alles an? Warum sollte er sich da einmischen? Für heute hatte er schon genug Unannehmlichkeiten gehabt. Aber dieser Gedanke war nur kurz. Glückstadt war sein ganzes Leben ein korrekter Mann gewesen, und das sollte auch so bleiben. Vielleicht benötigte jemand seine Hilfe. „Hallo! Geht es Ihnen nicht gut? Kann ich Ihnen helfen?", fragte er nach, erhielt jedoch keine Antwort.

Es kostete ihn erhebliche Überwindung. Trotzdem machte er zögernd zwei Schritte in das Innere der Hütte, um genauer nachzuschauen, was denn nun da los war. Der Schreck fuhr ihm in die Glieder. Die Frau lag völlig verrenkt da. Er konnte sofort erkennen, dass sie nicht mehr lebte. Nachdem er den ersten Schrecken überwunden hatte, machte er eilig kehrt und wählte mit zitternden Fingern die 110.

„Sie haben den Polizeinotruf gewählt. Bitte nennen Sie Ihren Namen und Ihren Standort. Was können wir für Sie tun?", meldete sich eine ruhige männliche Stimme.

„Glückstadt, Albert Glückstadt, ich komme ursprünglich aus Siegburg", stammelte er, „aber ich befinde mich in Hachenburg am Rande dieses Parks, unweit des Landschaftsmuseums Westerwald. In einem Schuppen, da liegt eine tote Frau."

„Bleiben Sie ganz ruhig. Es kommt gleich jemand zu Ihnen. Können Sie genauer beschreiben, wo Sie sich befinden?"

„Ich kenne mich doch hier nicht aus."

„Was sehen Sie?"

„Hier ist ein Ausgang aus diesem Park. Links ist ein Gebäude, das ich für ein altes Sägewerk halten würde, aber das ist nur eine Vermutung. Dann ist da ein relativ großer Parkplatz, auf dem zahlreiche Autos stehen. Dahinter liegt ein großes Gebäude, eine Schule, ein Heim oder etwas Ähnliches. Können Sie damit etwas anfangen?"

„Alles klar. So groß ist Hachenburg ja auch nicht. Sie sehen auf das Forstliche Bildungszentrum. Bleiben Sie vor Ort. Die Kollegen sind gleich bei Ihnen."

„Hallo Karlchen, wo befindet ihr euch?"

„Wir fahren gerade durch Gehlert", erwiderte der mächtige Streifenpolizist.

„Wir haben einen Notruf. Angeblich eine tote Frau in einem Schuppen in der Nähe der Waldarbeiterschule. Ihr fahrt am besten auf den Parkplatz dahinter. Der Anrufer, ein Albert Glückstadt, müsste da auf euch warten."

„Alles klar, wir sind schon unterwegs. Verständigt trotzdem noch den Notarzt! Man kann nie wissen." Berger schaltete das Warnsignal ein. „Du hat alles gehört, gib Gummi!", sagte er zu seinem Kollegen Starck.

„Da vorne, der Mann mit dem Mario-Basler-Gedächtnishut. Das muss er sein", vermutete Berger und deutete auf einen kleinen älteren Mann in einem blauen Trenchcoat, der heftig gestikulierte.

„Von einem solchen Hut habe ich bisher noch nichts gehört", erwiderte Starck. „Ist das wieder so eine Erfindung von dir?"

„Du bist doch Fan des 1.FC Kaiserslautern. Das solltest du eigentlich wissen. Du musst dich doch erinnern, dass Mario Basler sich einen solchen Pepitahut aufgesetzt hat, und wollte mit dem Hut auf dem Kopf eine Ecke schießen. Der Schiedsrichter hat das unterbunden. Das ging damals durch alle Gazetten."

Starck schüttelte lediglich den Kopf. Wieder eine dieser Geschichten, wie sie Berger so häufig erzählte. Starck hatte immer wieder Mühe zu unterscheiden, ob das nun die Wahrheit oder Bergers Erfindungen waren.

Sie hatten kaum angehalten, da stand der kleine Mann auch schon an der Fahrertür und versuchte, die zu öffnen. „Kommen Sie schnell, da drüben in dem Schuppen liegt sie!"

Inzwischen war Berger auf der anderen Seite ausgestiegen. „Warten Sie bitte hier, wir sehen uns das an", bat er, denn der Mann eilte voraus und wollte erneut in den Verschlag stürmen. Vermutlich hatte er bereits Spuren vernichtet. Aber das konnte man ihm nun wirklich nicht vorwerfen. Immerhin hatte er nachgesehen und die Polizei gerufen.

Starck war den beiden gefolgt. Er trat an die Öffnung an der Seite heran und schaltete eine Stablampe ein, die er aus dem Kofferraum geholt hatte. Auch aus der Entfernung war zu erkennen, dass die junge Frau nicht mehr lebte. Sie hatte auffallend blonde mittellange Haare und trug eine dunkle Jeans und eine schwarze Jacke. Der dunkle Streifen an ihrem Hals legte den Schluss nahe, dass sie keines natürlichen Todes gestorben war. „Das ist ein Tatort, den darf keiner mehr betreten", stellte er fest. „Wir verständigen am besten Frau Stein. Sie soll den Chef gleich mitbringen."

Berger griff zum Handy. Bevor er aber telefonieren konnte, musste er eine Schar älterer Leute aufhalten, die aus Richtung des Museums herangeeilt kamen und versuchten, sich an ihm vorbei

21

zu drängen. Er wunderte sich, warum die hier plötzlich auftauchten.

Aber Glückstadt lieferte sofort die Lösung. „Das ist meine Reisegruppe", erklärte er. „Ich habe die Reiseleitung telefonisch verständigt. Nicht dass die ohne mich abfahren."

Für die Reisegruppe schien Glückstadts Entdeckung eine spannende Begleiterscheinung der Reise zu sein, denn einige versuchten immer wieder, wenigstens einen Blick auf die Leiche zu werfen.

Als Berger ihnen lauthals Einhalt gebot, hatten sie doch Respekt vor dem Hünen in Uniform und gingen auf seine Aufforderung einige Schritte zurück.

Kapitel 2

Hauptkommissarin Ulla Stein war bei der Polizeiinspektion des Westerwaldstädtchens Hachenburg für Kriminalfälle zuständig. Eigentlich bestand die Abteilung nur aus ihr. Sie hatte zwar noch einen Kollegen. Aber den hatte sie seit Längerem nicht mehr gesehen. Es hieß, dass er demnächst pensioniert werden sollte. Sie hoffte, dass man dann Ersatz für ihn schicken würde. So half ihr lediglich ein junger Anwärter, der der Dienststelle zugewiesen worden war. Der junge Mann war durchaus hilfreich, insbesondere wenn es um Ermittlungen im Internet ging.

Aber da war ja noch ihr Lebensgefährte Christoph Leyendecker, der Leiter der Dienststelle, mit dem sie vom Landeskriminalamt nach Hachenburg gekommen war. Christoph war in Hachenburg geboren. Man hatte ihm den Posten damals angeboten, als der bisherige Amtsinhaber bei einem Marathon verstorben war. Er hatte ihn aber nur unter der Bedingung angetreten, dass Ulla mit ihm nach Hachenburg kommen konnte. Eine entsprechende Planstelle war vorhanden. Trotzdem war es eine Überraschung gewesen, dass man diese Bedingung akzeptiert hatte. Gemeinsam wohnten sie im Obergeschoss seines Elternhauses. Im Untergeschoss lebte immer noch Frau Hein, eine ältere Rentnerin, die sie gelegentlich bekochte, mit ihren beiden Katern Balboa und Schmeling.

Irgendwie fühlte sich Christoph durch seine weitgehend administrative Tätigkeit nicht ausgelastet und schaltete sich bei interessanten Fällen immer wieder ein. Gemeinsam hatten sie schon einige spektakuläre Fälle gelöst. Was ihnen bei den vorgesetzten Behörden einen gewissen Ruf eingebracht hatte, die ihnen häufig freie Hand ließen.

Ulla hatte bereits gehört, dass man angeblich eine tote Frau gefunden hatte. So war sie nicht weiter erstaunt, als sich der uniformierte Kollege Karl Berger bei ihr meldete, mit dem sie und Christoph eine herzliche Freundschaft verband.

„Hallo Karlchen, ist da etwas dran mit der toten Frau?", erkundigte sie sich gleich.

„Definitiv", erwiderte Berger, „und das ist kein normaler Todesfall. Wir benötigen wieder einmal das volle Programm, Spurensicherung, Gerichtsmediziner etc. Aber das weißt du ja besser als ich. Ich wette, Christoph wird auch wieder mitspielen wollen."

Ulla lachte. „Mitspielen ist ein lustiger Ausdruck, aber er passt. Christoph lässt sich doch eine solche Gelegenheit nicht entgehen. Der hat auch schon gehört, dass es angeblich eine Tote gibt, und scharrt schon mit den Hufen. Ich werde alles veranlassen. Wir sind in wenigen Augenblicken bei euch."

Als sie auf den Parkplatz abbogen, sahen sie schon Karl Berger, der die anderen deutlich überragte. Er war bemüht, einige Schaulustige zurückzudrängen. Es war immer wieder erstaunlich, wie schnell sich Nachrichten dieser Art verbreiteten. Ulla nahm an, dass es sich überwiegend um Schüler oder Personal des Forstlichen Bildungszentrums handelte.

Mit den Worten: „Polizei, gehen Sie bitte zur Seite!", bahnten sie sich den Weg zu ihm.

„Der Notarzt ist schon wieder weg", unterrichtet Berger sie. „Hier sei nichts mehr für ihn zu tun, hat er erklärt. Ich habe noch einen weiteren Streifenwagen angefordert, sonst bekommen wir das hier nicht in den Griff. Starck ist oben im Burggarten mit einer Reisegruppe aus Siegburg, die das Museum besucht hat. Die sind kaum zurückzuhalten. Einige erklärten, dass sie das Recht zu einem kurzen Blick auf die Tote hätten. Schließlich habe einer von ihnen die Leiche ja entdeckt. Vermutlich nehmen die an, die Besichtigung sei im Reisepreis mit enthalten."

„Die haben hier nichts verloren", erklärte der ältere Herr im Pepitahut. „Die waren lediglich mit mir im Bus, aber ansonsten haben die nichts mit allem zu tun."

„Das ist Herr Glückstadt", stellte Karlchen den Mann vor. „Er hat die Tote entdeckt."

„Mir ist der Schreck ganz schön in die Glieder gefahren, als ich sie da in dem Schuppen habe liegen sehen. Man findet ja nicht jeden Tag eine

Tote", sagte der kleine Mann. Man merkte ihm einen gewissen Stolz an. Falls er mit den anderen zurückfahren würde, wäre er wohl sozusagen der Hahn im Korb.

„Bitte haben Sie einen Augenblick Geduld. Ich komme gleich zu Ihnen", bat Ulla und ging in Richtung des Fundortes.

Leyendecker folgte ihr.

Sie vermieden es, das Innere des Gebäudes zu betreten. Die Kollegen von der Spurensicherung würden ohnehin maulen, dass davor so viele herumgetrampelt waren.

Starck reichte ihnen seine Stablampe.

"Eine ausgesprochen schöne Frau", stellte Leyendecker fest. „Noch sehr jung. Sie hatte das ganze Leben noch vor sich. Ob man sie hier umgebracht hat?"

Ulla würde sich wohl nie an den Anblick von Toten gewöhnen, obwohl sie ja schon einige gesehen hatte. Gerade wenn es sich um junge Menschen handelte, berührte das sie ganz besonders. Aber es blieb ihr nichts anderes übrig, als sich auf ihre Arbeit zu konzentrieren und ihre Gefühle außen vor zu lassen. „Es sieht aus, als habe man sie hier abgelegt. Diese Streifen am Boden könnten Schleifspuren sein, aber das wird die Spusi schon feststellen. Hast du den Gesichtsausdruck gesehen? Wirkt der nicht irgendwie erstaunt?"

„Die meisten Menschen sind wohl überrascht, wenn man sie umbringt."

„Du kannst sagen, was du willst. Das hier ist anders", stellte Ulla fest.

„Zunächst müssen wir einmal wissen, um wen es sich handelt", erklärte Leyendecker.

„Ich würde sie ja gerne nach Hinweisen durchsuchen, vielleicht hat sie persönliche Papiere bei sich. Aber dann handele ich mir wieder Ärger mit den Kollegen der Spurensicherung ein. Es wird uns wohl nichts anderes übrig bleiben, als auf die und den Gerichtsmediziner zu warten. Falls überhaupt jemand frei ist. So viele von dieser Sorte gibt es ja nicht."

Inzwischen war die Besatzung des zweiten Streifenwagens eingetroffen, und man sperrte den Bereich weiträumig ab.

Leyendecker und Ulla hatten Albert Glückstadt vernommen. Er hatte mit blumigen Worten geschildert, wie er die junge Frau gefunden hatte, aber sachdienliche Hinweise hatten sich nicht ergeben.

Die Zuschauer hatten sich wieder zerstreut. Deren erste Neugier war erst einmal befriedigt. Ansonsten gab ja auch wirklich nichts zu sehen.

Bei dem Gerichtsmediziner handelte es sich um eine Frau mittleren Alters, die sie bisher noch nicht kannten. Sie stellte sich als Dr. Harder vor. Sie gab ihnen bereitwillig, wenn auch unter Vorbehalt, Auskunft.

Der Tod sei wohl in der vergangenen Nacht eingetreten, etwa so um Mitternacht. Aber so genau könne sie das nicht sagen. Offenbar habe man die junge Frau stranguliert. Womit, musste vorerst offenbleiben. Vielleicht würden die weiteren Untersuchungen genauere Erkenntnisse bringen.

Dann begann das Team der Spurensicherung, wieder einmal geleitet von dem Mann mit der John-Lennon-Brille, der Ulla lächelnd begrüßt hatte, seine Arbeit. Sie kannten sich ja inzwischen recht gut.

Nach einer halben Stunde kam er aus der Hütte. „Das ist eine Sisyphusarbeit. Haben Sie eine Vorstellung, wer sich in der letzten Zeit alles in dem Schuppen herumgetrieben hat. Natürlich hat das meiste nichts mit dem Fall zu tun, aber wir müssen das halt in mühevoller Kleinarbeit ausschließen. Ich bin gekommen, um Ihnen die wesentlichen Erkenntnisse vorab mitzuteilen, auch wenn die noch recht dürftig sind.

Papiere hatte die Tote keine bei sich. Auch haben wir kein Handy gefunden. Heutzutage geht doch niemand mehr ohne Handy aus dem Haus."

„Man hat sie durchsucht und alles mitgenommen", bemerkte Leyendecker. „Vielleicht war es Raubmord. Jedenfalls können wir das im Augenblick nicht ausschließen."

„Sie trägt ihre Uhr noch. Aber das will nichts heißen. Es handelt sich um Massenware", erläuterte der Mann von der Spusi. „Jedenfalls können wir im Augenblick keine offensichtlichen Spuren des Täters feststellen. Womit sie erdrosselt wurde, muss ebenfalls offenbleiben. Wir haben keinen Strick oder etwas Ähnliches gefunden."

„Ich habe so etwas wie Schleifspuren gesehen. Bedeutet das, dass man sie nicht da drinnen getötet hat?", erkundigt sich Ulla.

„Gut beobachtet Frau Stein. So sieht es aus. Aber wir haben in der Umgebung keine Spuren dieser Art gefunden. Das kann bedeuten, dass die verwischt wurden. Aber für wahrscheinlicher halte ich, dass sie in unmittelbarer Nähe des Schuppens getötet wurde. Soviel vorab, ich melde mich, falls wir weitere Erkenntnisse haben. Ach ja, wir haben einige Fotos gemacht, die ich Ihnen gleich mailen werde. Ich glaube, die können Sie gebrauchen. Darauf ist sie ganz gut zu erkennen."

Sie standen auf dem Parkplatz des Forstlichen Bildungszentrums Rheinland-Pfalz. Die Hachenburger sagten aber immer noch Waldarbeiterschule. Als Ulla zum ersten Mal nach Hachenburg gekommen war, hatte sie in besagter Waldarbeiterschule übernachtet. Nach einem Gewittersturm während des Burggartenfestes waren sie und Christoph sich dort näher gekommen. Neben der Schule war in dem Gebäudekomplex auch das Forstamt untergebracht.

„Zuerst sollten wir uns beim Forstamt und bei der Waldarbeiterschule erkundigen", sagte Ulla. „Gut möglich, dass dort jemand unsere Tote kennt. Vielleicht gehört sie ja sogar zu den Schülern. Um Zeit zu sparen, könnten wir uns ja da ein Foto der Toten ausdrucken lassen und die Leute dort befragen."

„Mir ist nicht wohl dabei, ein solches Foto auf den Computer anderer Leute zu laden. Aber grundsätzlich stimme ich dir zu. Schick ein passendes Foto an unseren Anwärter. Er soll mehrere Exemplare ausdrucken und sofort hierher bringen. Außerdem müssen alle Nachbarn in der Umgebung befragt werden. Ich versuche, soviel Leute wie möglich dafür zu organisieren. Dann gibt es ja noch die Koblenzer Kollegen, die bei Tötungsdelikten eigentlich zuständig sind. Zumindest unterrichten müssen wir die."

Es dauerte nicht lange, da kam ihr Anwärter auch schon.

„Da sind Sie ja schon, Herr Schneider. Das ging aber zügig. Ich habe noch einige Kollegen organisiert", erläuterte Leyendecker. „Die werden wohl bald hier auftauchen. Befragen Sie mit denen alle Anwohner. Falls Sie oder die Kollegen irgendwas erfahren, unterrichten Sie bitte Frau Stein oder mich unverzüglich telefonisch. Wir fangen mit dem Forstamt an."

Natürlich wurden sie dort schon erwartet. Der Fall hatte sich überall herumgesprochen, und man war neugierig, irgendwelche Einzelheiten zu erfahren. Das war ja allzu menschlich.

Ulla und Leyendecker hielten sich mit Informationen eher zurück. Es war noch nicht an der

Zeit, Ermittlungsergebnisse, auch wenn sie derzeit noch so dünn waren, an die Öffentlichkeit zu geben.

„Irgendwie kommt die mir bekannt vor", erklärte die Sekretärin, „aber zu unseren Schülern gehört die glaube ich nicht. Sie kennen doch das Gefühl: Man begegnet jemand, nimmt ihn aber nicht wirklich wahr. Aber irgendetwas ist doch im Unterbewusstsein abgespeichert. So kommt es mir jetzt vor. Aber Genaueres kann ich Ihnen nicht sagen."

„Denken Sie noch einmal nach", bat Ulla, „es ist sehr wichtig."

Aber die Frau schüttelte den Kopf. „Ich bin mir ohnehin nicht sicher. Das ist nur so ein vages Gefühl.

„Da kann man nichts machen." Leyendecker zuckte mit den Schultern. „Falls Ihnen doch noch etwas einfällt, wir lassen Ihnen unsere Telefonnummern da."

Weitere Erkenntnisse konnten sie nicht gewinnen. Vom übrigen Personal schien keiner die Frau zu kennen. Sie suchten die Klassenräume auf und ließen das Foto durchreichen. Leider konnten sich weder Lehrer noch Schüler an die junge Frau erinnern..

„Hoffentlich haben die Kollegen mehr Erfolg", wünschte Leyendecker. „Ohne dass wir die Identität der Toten kennen, ist eine vernünftige Ermittlungsarbeit kaum möglich."

Leyendecker hatte gerade an seinem Schreibtisch Platz genommen, als sein Handy klingelte. Die Nummer kam ihm bekannt vor. Aber im Moment wollte ihm nicht einfallen, wer ihn da anrief.

„Raten Sie, wer dran ist?", meldete sich eine Frauenstimme.

Er wollte schon barsch reagieren, dass er im Moment andere Sorgen habe, als alberne Rate-spielchen zu spielen. Aber dann fiel ihm ein, woher er die Stimme kannte. Sie gehörte einer Redakteurin, die vor einigen Jahren bei der Hei-matzeitung gearbeitet hatte, aber inzwischen die Leiter heraufgefallen und bei einem Kölner Bou-levardblatt beschäftigt war. Hatte die etwa schon wieder Wind von seinem neuen Fall bekommen? „Frau Adler, lange nichts mehr von Ihnen gehört. Ich freue mich, habe aber im Augenblick leider wenig Zeit", erklärte er.

„Sie sind ein Lügner, aber charmant. Sie den-ken: Wie hat die Alte denn nun schon wieder von dem Fall erfahren, habe ich recht?"

„Sie tun mir unrecht. Ich würde Sie doch nie als Alte bezeichnen, das nun wirklich nicht. Allerdings weiß ich nicht, von welchem Fall Sie reden."

„Ach tun Sie doch nicht so. Sie wissen genau, welchen Fall ich meine. Sie haben wieder einmal einen Todesfall. Im Burggarten wurde die Leiche einer jungen Frau gefunden. Soweit ich weiß, wissen Sie noch nicht, um wen es sich da han-delt. Da wollte ich Ihnen meine Hilfe anbieten.

32

Sie erinnern sich doch. Ich habe Ihnen schon einmal geholfen."

Leyendecker erinnerte sich. Damals hatte man durch eine Veröffentlichung in der Kölner Zeitung die Identität eines jungen Mannes festgestellt, den man bei der Grillhütte in Atzelgift gefunden hatte. Zum derzeitigen Zeitpunkt war er aber noch nicht bereit, die Öffentlichkeit einzuschalten. „Was damals nicht Ihr Schaden war", warf er ein.

„Natürlich nicht", bestätigte sie. „Eine Hand wäscht die andere."

„Woher wissen Sie denn jetzt schon wieder von der jungen Frau?", erkundigte er sich. „Ich nehme an, es hat Sie wieder einmal jemand angerufen, der sich ein Honorar davon verspricht. Aber dass man eine tote Frau gefunden hat, ist doch in Ihrer überregionalen Zeitung eher eine Randnotiz, und mehr kann ich Ihnen im Augenblick nicht sagen."

„Es ist doch offensichtlich, dass die Frau ermordet wurde, und das ist mehr als eine Randnotiz. Ich gebe Ihnen hiermit die Gelegenheit, sich zur Sache zu äußern. Wie ich schon sagte, ich bin Ihnen gerne behilflich. Schon um der alten Zeiten willen."

„Woher wollen Sie wissen, dass die Frau ermordet wurde? Sie klopfen doch nur auf den Busch. Wie ich schon sagte, derzeit kann ich weder etwas bestätigen noch dementieren. Alles andere ist Spekulation."

„Das ist keine Spekulation. Das kann jeder auf dem Foto problemlos erkennen."

Leyendecker wurde hellhörig. Er glaubte nicht, dass es bei seinen Leuten oder bei der Spurensicherung eine undichte Stelle gab. Obwohl man das nie so genau wissen konnte. Wenn sie also ein Foto hatte, musste entweder das Männchen im Pepitahut das Foto gemacht haben, oder jemand hatte die Leiche vorher gefunden und das nicht der Polizei gemeldet, oder das Foto stammte sogar vom Mörder. Zumindest folgerte er das daraus. „Ich glaube Ihnen nicht, dass Sie ein Foto haben."

„Sehen Sie sich Ihre E-Mails an", erklärte sie.

Bei den eingegangenen E-Mails war eine Nachricht der Redakteurin. Sie hatte die Wahrheit gesagt. Als er den Anhang öffnete, war da tatsächlich ein Foto. Sofort wurde ihm auch klar, wo die undichte Stelle war. Dieses Foto hatten er und Ulla den jungen Leuten in der Waldarbeiterschule herumgereicht. Er ärgerte sich. Solche blöden Fehler sollten ihm eigentlich nicht unterlaufen. Aber er gehörte nicht zu der Generation, die morgens mit dem Handy aufsteht und es abends immer noch am Ohr hat. Aber es war schon naiv anzunehmen, dass keiner der jungen Leute es kopieren würde, wo heute doch jeder ein Smartphone mit sich trug. Die Verbreitung des Bildes war also ihre eigene Schuld, aber jetzt nicht mehr zu ändern. „Alles klar, ich weiß jetzt, wie das Foto an Sie kommt. Trotz allem, ich kann Ihnen wirklich nicht mehr sagen. Dazu weiß ich selbst noch zu wenig. Vielleicht weiß ich später mehr."

„Na gut, Herr Leyendecker, das glaube ich Ihnen sogar. Aus alter Verbundenheit wollte ich Ihnen Gelegenheit geben, zu unserer Veröffentlichung Stellung zu nehmen. Alles andere lesen Sie morgen in unserer Zeitung. Falls es wirklich etwas Neues gibt, denken Sie bitte an mich."

„Ich denke Tag und Nacht an Sie, Frau Adler." Bevor er das Gespräch trennte, hörte er Sie laut lachen.

„Frau Adler hat angerufen", berichtete er Ulla.

„Diese Reporterin, auf die du so stehst?", fragte sie.

„Blödsinn, vielleicht wird anders herum ein Schuh daraus."

„Träum weiter, Christoph. Sie will lediglich Informationen von dir. Ich nehme an, sie hat schon wieder von unserem Fall gehört."

„Und sie hat ein Foto der Toten", bestätigte er. „Und dieses Foto haben wir ihr auf dem Silbertablett präsentiert. Irgendeiner muss eine Kopie gemacht haben, als wir es herumgezeigt haben."

„Das war aber auch schön blöd von uns. Man lernt nie aus. In Zukunft wird uns das wohl nicht mehr passieren. Da geben wir solche Fotos nicht mehr aus der Hand. Aber wer weiß, wofür das gut ist, wenn sie ein Bild der Toten in ihrem

Blatt veröffentlicht. Vielleicht hilft uns das, die junge Frau zu identifizieren."

„Hoffentlich kommt niemand auf die Idee, ich hätte sie bevorzugt behandelt", hoffte Leyendecker, denn in der Vergangenheit war ihm dieser Vorwurf schon öfter gemacht worden. Diesmal war es zwar nicht seine Absicht gewesen, aber es lief auf dasselbe hinaus. Sie war exclusiv im Besitz eines Bildes der Toten. Aber das war wohl nicht zu ändern. „Ich denke, wir sollten die Fotos der Kollegen gegen Bilder austauschen, auf denen nicht sofort zu erkennen ist, dass die junge Frau ermordet wurde."

Kapitel 3

„Ich glaube, wir haben die Identität der Frau herausgefunden", meldete Berger. „Du solltest herkommen und Christoph gleich mitbringen."

„Das ist ja prima", freute sich Ulla. „Wohin sollte ich kommen?"

„Ins Burggartenhotel."

„Das soll doch gerade erst gebaut werden", wunderte sie sich.

„Gebaut werden soll das Hotel am Burggarten", belehrte sie Karlchen. „Das Burggartenhotel war früher, und wir Hachenburger waren auch ganz froh, dass wir es hatten. Aber dann hat man es verkauft, und es wurde Ziel von diesen obskuren Kaffeefahrten, was sehr bedauerlich war. Man hat damals sogar ein Lied auf Platt darüber geschrieben. *Oma, kaaf Dir'n Wolldeck,* hieß das, glaube ich. Du weißt doch, wo diese Shisha-Bar in der Nähe des Forstamtes ist."

„Ja klar, das ist ja nicht weit von unserem Fundort entfernt. Und die Leute von der Shisha-Bar können uns weiterhelfen?"

„Nicht die Leute von der Shisha-Bar. Zugegeben, ich habe auch geglaubt, der Rest des Hotels stände leer. Es hat mich auch überrascht, dass jetzt so ein komischer Verein hier drin ist. Ich glaube, das solltet ihr euch selbst ansehen."

Die Shisha-Bar im vorderen Teil des Burggarten-Hotels war zwar beleuchtet, aber man hatte noch nicht geöffnet. Auch war im Inneren niemand zu erkennen.

„Vermutlich müssen wir durch den Seiteneingang", erklärte Leyendecker.

Rechts neben der Eingangstür war eine Messingplakette angebracht. Die Aufschrift lautete: *Neues Licht.* Neben der Schrift prangte eine stilisierte Sonne.

„Hast du von denen schon mal was gehört?", erkundigte sich Ulla.

„Nicht dass ich wüsste." Leyendecker schüttelte den Kopf. „Das spricht nicht gerade für uns. Eigentlich sollten wir doch über alles informiert sein, was in Hachenburg und Umgebung vor sich geht."

„Vermutlich sind die noch nicht lange hier. Daher sind die uns noch nicht aufgefallen. Karlchen, der ja sonst alles weiß, hatte auch noch nichts von denen gehört."

„Dann wollen wir denen mal auf den Zahn fühlen. Es ist an der Zeit, dass wir uns auf den neuesten Stand bringen."

Sei läuteten und hörten gleich darauf eilige Schritte.

Die Frau, die ihnen öffnete, erinnerte Leyendecker irgendwie an eine Walküre aus einer Wagneroper, groß und kräftig, mit langem Blondhaar. Sie mochte etwa fünfundvierzig Jahre alt sein. Ihr Gesicht war energisch, aber trotzdem recht hübsch. Sie trug einen weit geschnittenen Hausanzug. Auffallend war das gelbe Halstuch mit dem gleichen Sonnensymbol, wie sie es auf der Messingplatte gesehen hatten.

Resolut kam sie auf die beiden Polizeibeamten zu. „Was ist nun mit unserer Frau Sommer?", fragte sie, ohne sich erst mit einer Begrüßung aufzuhalten. „Die beiden wollen uns ja nichts sagen." Bei dieser Aussage deutete sie mit dem Kopf in Richtung Berger und Starck, die am Fuße einer Treppe, die ins Obergeschoss führte, standen.

„Ich schlage vor, wir stellen uns erst einmal vor", sagte Leyendecker, der amüsiert lächelte. „Das ist Frau Stein, mein Name ist Leyendecker. Wir sind von der örtlichen Polizei. Wir sind im Augenblick etwas überfragt, denn wir wissen nicht, von welcher Frau Sommer Sie reden."

„Frau Sommer ist bei uns so eine Art Hausmädchen. Wir haben an den Wochenenden häufig Besucher hier, da fällt einiges an Arbeit an, vom Kaffeekochen bis zum Bettenmachen. Vorhin sind dann diese beiden Herren erschienen und haben mir ein Bild von Frau Sommer gezeigt. Als ich bestätigt habe, dass ich sie kenne, haben die dann plötzlich dichtgemacht und erklärt, sie würden jemand rufen. Das sind dann wohl Sie beide."

Leyendecker verständigte sich durch einen kurzen Blick mit Berger. „Die Frau auf dem Foto wurde hier in der Nähe tot aufgefunden."

Die Frau schien ehrlich erschrocken. „Oh mein Gott! Sie ist tatsächlich tot? Was ist bloß geschehen? Warten Sie, ich muss sofort meinen Mann verständigen."

Sie verschwand durch eine der Türen. Kurz darauf erschien ein Mann, der mit einem naturfarbenen Leinenanzug und weißen Slippern gekleidet war. Um den Hals trug er das gleiche Tuch. Auf seiner Brust baumelte zusätzlich das Emblem der stilisierten Sonne. Irgendwie schien er seinen Auftritt zu inszenieren. Offenbar war er es gewohnt, immer im Mittelpunkt zu stehen. Ein gönnerhaftes Lächeln zeigte sich in einem durchaus schönen und markanten Gesicht. Dunkle Locken betonten die hellblauen Augen und die makellosen gebleichten Zähne. Er deutete eine leichte Verbeugung an, ohne Anstalten zu machen, ihnen die Hand zu reichen. „Mein Name ist Charles Lemur, wie können wir der Polizei behilflich sein?"

Leyendecker war wieder einmal auf den Prototyp Mann getroffen, der ihm von Anfang an unsympathisch war. Schon oft hatte er sich geschworen, jedermann offen und objektiv gegenüberzutreten. Trotzdem gelang es ihm häufig nicht, diesen ersten Eindruck zu vermeiden, den er allzu oft revidieren musste.

Ehe er jedoch etwas sagen konnte, schaute Lemur Ulla an. „Sagen Sie, kennen wir uns nicht? Sie kommen mir bekannt vor. Sie sind doch die Schmale aus der siebten Klasse. Warten

Sie, der Name fällt mir gleich wieder ein. Uschi, habe ich recht?"

„Für Sie Kriminalhauptkommissarin Stein, Herr Mauer." Ulla sagte das völlig emotionslos.

Für einen kurzen Moment herrschte eisige Stille. Dann lenkte der Mann ein. „Verzeihen Sie, Frau Hauptkommissarin, ich wollte nicht persönlich werden. Was kann ich denn nun für Sie tun?"

Für Leyendecker, der von Ullas Reaktion überrascht war, schien es an der Zeit, die Wogen etwas glätten und zu ihrem eigentlichen Anliegen zurückzukehren. „Wie ich Ihrer Frau schon sagte, wurde Frau Sommer in der Nähe tot aufgefunden."

„Das ist ja furchtbar. Was ist denn nur mit ihr geschehen?"

„Genaueres können wir zum derzeitigen Zeitpunkt noch nicht sagen. Wir ermitteln noch. Bitte sagen Sie uns alles, was Sie über Frau Sommer wissen."

„Viel gibt es da nicht zu sagen. Vor etwa drei Monaten suchten wir so eine Art Hausdame. Sie hat sich bei uns gemeldet und einen guten Eindruck hinterlassen. Natürlich haben wir uns gewundert, dass sich eine so hübsche junge Frau mit Abitur auf eine solche Stelle meldet. Aber sie hat erklärt, dass sie auf einen Studienplatz warte und so die Zeit überbrücken möchte. Was soll ich sagen, wir brauchten jemand und so viele geeignete Bewerbungen gab es dann doch nicht.

Sie machte einen guten Eindruck. Also haben wir sie eingestellt, auch wenn es nur vorübergehend war. So konnten wir in aller Ruhe weitersuchen. Sie hat auch gute Arbeit geleistet."

„Wann haben Sie sie zuletzt gesehen?", erkundigte sich Ulla.

Lemur sah seine Frau fragend an, die an seiner Stelle antwortete. „Das muss gestern so um die Mittagszeit gewesen sein. Unsere Gäste waren fort, sie hatte die Zimmer wieder hergerichtet. Danach hatte sie frei. Aber ich glaube, sie am späten Nachmittag noch in ihrem Zimmer gehört zu haben."

„Das kann ich nur bestätigen", erklärte er. „Aber gehört habe ich nichts mehr von ihr. Das ist aber auch normal. Ich muss mich oft sehr konzentrieren und kann da keine Ablenkung gebrauchen."

„Wo waren Sie gestern Abend?", fragte Leyendecker.

Die beiden antworteten fast gleichzeitig. „Wir waren hier. Außer uns wird das aber wohl keiner bezeugen können. Benötigen wir denn ein Alibi?"

„Das war nur eine Routinefrage. Bitte geben Sie uns noch die genauen Daten von Frau Sommer. Name, Geburtsdatum, Anschrift und so weiter."

„Meine Frau kann Ihnen alles ausdrucken, was wir von ihr haben. Ich aber muss jetzt zum Meditieren. Es ist längst an der Zeit. Eine gewisse Regelmäßigkeit ist auch hierbei wichtig." Während er das sagte, hob er theatralisch die Hände und wandte sich um.

Von Ulla war ein spöttisches Schnaufen zu hören.

„Warten Sie", bat Leyendecker. „Ich hätte da noch eine Frage."

Unwillig drehte er sich um. „Ich sagte doch, ich muss jetzt meditieren. Also gut, noch eine Frage."

Nun wurde Leyendecker doch etwas unwirsch. Er war als ermittelnder Polizeibeamter hier und nicht als Bittsteller dieses Herrn. „Wir können auch gerne auf der Dienststelle weitermachen, wenn Ihnen das lieber ist", erklärte er scharf.

„Schon gut, fragen Sie schon", antwortete Lemur und tat dabei so, als würde er ein schweres Opfer bringen.

„Ich habe am Eingang das Schild gelesen. *Neues Licht*, was hat es denn damit auf sich?"

Die Frage schien Lemur nun sichtlich zu erfreuen. „Wir haben vermutlich nicht genug Zeit, das jetzt ausführlich zu erörtern. Aber einen kurzen Überblick kann ich Ihnen gerne geben. Wir sind eine Gemeinschaft Gleichgesinnter, und ich kann sagen, wir werden immer mehr. In fast allen Religionen spielt die Sonne und damit das Licht eine herausragende Bedeutung. Sie wurde teilweise als Gottheit verehrt. Der ägyptische Sonnengott ist Ihnen sicher auch ein Begriff.

Diese Bedeutung kommt nicht von ungefähr. Ohne Licht würde kein Leben existieren. Wir sind nun der Auffassung, dass, neben der Sonne, dieses Licht in uns existiert. Wir müssen es nur zum Leben erwecken. Das kann man lernen. Hierzu bieten wir Kurse an. In mehreren Städten haben wir bereits entsprechende Zentren, wo diese Lehre verbreitet wird. Ziel ist, dass der Mensch sein Inneres erkennt und durch diese Erkenntnis seine Stärken entwickelt und damit zwangsläufig erfolgreicher wird. Der wichtigste Aspekt dabei ist aber, dass wir uns innerhalb der Gemeinschaft gegenseitig unterstützen. Gemeinsam sind wir in der Lage, Großes zu erreichen. Warten Sie, ich gebe Ihnen mein erstes Werk zu diesem Thema mit. Lesen Sie es, und Sie werden verstehen."

Er eilte davon und kam gleich darauf mit einem etwa zwei Zentimeter dicken Buch zurück, dessen Einband wieder diese stilisierte Sonne zeigte. „Jetzt muss ich aber wirklich gehen. Ein andermal werde ich gerne mehr erklären."

Leyendecker kam das recht konfus vor. Irgendwie hatte er das alles doch schon einmal gehört. Das war nicht wirklich neu. Es wurde lediglich wieder immer wieder in neuer Verpackung präsentiert.

Ulla hatte sich da schon eher ein festes Urteil gebildet. „Ausgemachter Blödsinn", raunte sie ihm zu.

Die Frau des Gurus, als ein solcher kam Lemur Leyendecker vor, hatte den Personalbogen der jungen Frau ausgedruckt. Sie hieß mit Vornamen Lisa, war gerade einmal zwanzig Jahre alt und wohnte in Ettringen. Der Ort lag in der Nähe von Mayen.

„Hat Frau Sommer ein Zimmer hier?", erkundigte sich Ulla.

„An den Wochenenden ist immer viel zu tun. Da kommen die Leiterinnen und Leiter unserer Zentren zur Fortbildung. Da ist es mit einem Achtstundentag nicht getan. In der Woche gleicht sich das dann wieder aus. Da war es naheliegend, dass Frau Sommer hier wohnt, zumal wir ausreichend Zimmer zur Verfügung haben."

„Haben Sie einen Schlüssel?", fragte Ulla nach.

„Der Hauptschlüssel passt. Wollen Sie das Zimmer sehen? Dann folgen Sie mir bitte."

Das Zimmer lag im ersten Obergeschoss.

„Danke", sagte Leyendecker, nachdem sie aufgeschlossen hatte. „Wir kommen schon zurecht. Aber warten Sie, wissen Sie, ob außer Frau Sommer noch jemand das Zimmer betreten hat?"

„Nicht dass ich wüsste. Ich habe ihr das Zimmer damals gezeigt. Natürlich kann es sein, dass sie hier und da mal jemand mitgenommen hat, wir überwachen unser Personal ja nicht."

Ulla hatte wie meistens in ihrer Tasche Handschuhe dabei, von denen sie Leyendecker ein Paar reichte. „Allzu viel sollten wir nicht anfassen, sonst bekommen wir wieder einmal Ärger mit der Spusi."

Leyendecker nickt zustimmend.

Das Zimmer war aufgeräumt aber wohnlich. Auf einem Regal standen ein paar gerahmte Fotos. Ihr Blick fiel sofort auf den Laptop, der auf dem Schreibtisch stand. Daneben lag ein Handy. Beides war passwortgeschützt, wie sie bald feststellten, aber das sollte kein Problem für die Spezialisten darstellen. „Die nehmen wir gleich mit", bestimmte Leyendecker. „Ansonsten sieht man auf den ersten Blick nichts Auffälliges. Wir versiegeln das Zimmer und lassen die Spurensicherung kommen."

Als sie wieder im Auto saßen, sah Leyendecker Ulla an und grinste. „Was war das denn vorhin? Eine solche Reaktion ist man von dir doch sonst nicht gewohnt. Du scheinst den hohen Herrn ja zu kennen."

Ulla fuhr unwirsch mit dem Arm durch die Luft. „Das hast du doch gehört. Natürlich kenne ich den. Ich habe nur nicht geglaubt, ihn hier wiederzusehen. Wir waren auf dem gleichen Gymnasium. Der ist damals schon wie ein Sonnenkönig aufgetreten. Immer eine kleine Schar um sich, die seinen Worten lauschten. Wenn du mich fragst, war sein Gerede da schon alles hohles Zeug. Aber ich befand mich da mit meiner Meinung in der Minderheit. Die meisten Mädchen auf unserer Schule himmelten ihn an. Ihr hattet doch sicher auch auf dem Gymnasium einen solchen Mädchenschwarm und die Kerle, die sich um ihn scharrten, taten das nur, um auch eine abzubekommen. Die findet man doch fast an jeder Schule."

„Wenn ich es mir recht überlege, war das bei uns genauso. Ich glaube, ich war derjenige, um den sich die ganzen Frauen gerissen haben." Leyendecker lachte lauthals.

„Du bist ein solcher Blödmann!", schimpfte Ulla und schlug ihn mit der Faust auf die Schulter. „Musst du immer deine Späße machen?"

„Bist du ihm nach dem Gymnasium noch einmal begegnet?"

„Das nicht, aber irgendwie habe ich seinen Werdegang doch verfolgt. Karl-Heinz Mauer, so heißt der Kerl in Wirklichkeit, war schon immer ein Rattenfänger. Du kannst dich doch sicher noch an die Zeit erinnern, als diese Motivationstrainer in Mode waren, die damals ganze Stadthallen füllten und mit ähnlichen Ausrufen, wie sie Rex Gildo bei *Fiesta Mexicana* ausstößt, ihr Publikum begeisterten. Heute hört man von denen kaum noch etwas. Heute ist es eher modern, mit einem ehemaligen Elitesoldaten oder einem bekannten Sportler durch den Schlamm zu kriechen und Würmer zu essen. Das soll den Gemeinsinn stärken.

Zu diesen Motivationstrainern gehörte Mauer auch, und er hatte tatsächlich Erfolg. Er schrieb damals schon Bücher. Wenn ich mich recht erinnere, hieß eins *Die zweite Million* und ein anderes *Das Midasprinzip.* Jedenfalls hat er sich damals dumm und dämlich verdient, und sein Lebensstil war entsprechend. Mit der Zeit ließ das dann alles nach. Nur hat er versäumt, seinen Lebenswandel anzupassen. Es kam, wie es kommen musste. Er ist dann im Gefängnis gelandet. Als das Finanzamt Geld sehen wollte, war angeblich nichts mehr da. Auch war da von einem Verhältnis mit einer minderjährigen Praktikantin die Rede.

Soweit ich weiß, hat er damals Privatinsolvenz angemeldet. Die Wohlverhaltensphase ist inzwischen wohl abgelaufen, und man hat ihn wieder auf die Menschheit losgelassen. Dieses *Neue Licht* scheint anscheinend seine neuste Masche zu sein."

„Heutzutage findet man für alles Mögliche seine Anhänger", stellte Leyendecker fest. „Und die Masche mit den Kursen ist auch weit verbreitet. Man steigt nur innerhalb des Systems auf, wenn man die entsprechenden Kurse nachweisen kann. Wie viele haben dadurch schon ihr ganzes Geld verloren?"

„Verboten ist das leider nicht."

„Man kann nicht jeden vor seiner eigenen Dummheit schützen. Aber wie ein Mörder kam der mir eigentlich nicht vor. Wenn das, was er tut, nicht illegal ist, wo wäre dann ein Motiv?"

„Es ist zu früh, ihn jetzt zum alleinigen Verdächtigen zu machen", erklärte Ulla. „Das Motiv muss nichts mit seinem Handeln zu tun haben. Er ist zwar mit allen Wassern gewaschen, aber einen Mord, zumindest einen geplanten, traue ich ihm auch nicht wirklich zu. Dazu ist er irgendwie zu feige."

„Wir brauchen einfach mehr Informationen, auch über die Tote. Es erscheint mir schon seltsam, dass eine aufgeweckte junge Frau mit Abitur hier das Dienstmädchen spielt. Nicht dass an dieser Tätigkeit irgendetwas auszusetzen wäre, aber der Traum eines jungen Mädchens ist das wohl kaum. Da fällt mir ein, morgen erscheint ja das Foto dieser jungen Frau in dieser Zeitung, was völlig sinnlos ist, denn die Identität wurde ja inzwischen geklärt. Aber Frau Adler wird sich nicht davon abhalten lassen. Vermutlich ist es jetzt ohnehin zu spät. Stell dir vor, die Eltern machen die Zeitung auf und sehen ihre tote Tochter. Das muss doch schrecklich sein."

„Meinst du, wir sollten nach Ettringen fahren, um sie zu informieren?", erkundigte sich Ulla.

„Das erscheint mir nicht angebracht", meinte er. „Wir sind dort nicht zuständig."

„Meistens haben wir ja nach der Zuständigkeit nicht gefragt", bemerkte Ulla.

„Ich glaube, ich habe eine bessere Idee. Dieser Ort liegt ja in der Nähe von Mayen, und Mayen ist ja nicht sehr weit von Koblenz entfernt. Ich werde mal mit den Kollegen der Mordkommission reden, inwieweit sie sich da einschalten können. Ich wundere mich ohnehin, dass die sich nicht schon längst bei uns gemeldet haben."

Am nächsten Morgen wunderte sich Ulla über einen Aufkleber auf der Butterdose. Er hatte etwa drei Zentimeter Durchmesser und zeigte die stilisierte Sonne der Anhänger des *Neuen Lichts*. „Was soll das denn? Gehören wir jetzt zu denen?", fragte sie. „Hat dich das Buch so überzeugt?"

„Ich habe ein wenig darin geblättert. Mich werden die wohl nicht für ihren Verein gewinnen können. Aber er hatte eine witzige Idee. Auf der ersten und der letzten Seite befinden sich viele dieser Aufkleber. Man kann sie vielseitig verwenden, zum Beispiel auf einen Brief kleben. Eine Sonne ist doch immer ein positives Zeichen. So macht er mit wenig Aufwand Werbung."

Kapitel 4

Als sie auf die Dienststelle kamen, lagen naturgemäß noch keine Ergebnisse der Spurensicherung vor. Dazu waren die Ermittlungen zu umfangreich. Eine Obduktion sollte am heutigen Tag stattfinden. Ulla hatte nicht die Absicht, daran teilzunehmen. Zum einen wäre das eher die Aufgabe der Koblenzer Kollegen gewesen, zum anderen hatte sie nie verstanden, wenn in den Fernsehkrimis die ermittelnden Beamten dem Werk des Rechtsmediziners zusahen und diesem dann noch entscheidende Tipps gaben. Schließlich waren das Fachleute und hatten dafür studiert. Was hätte es genützt, wenn sie danebengestanden wäre und ein schlaues Gesicht gemacht hätte. Die erforderlichen Informationen erhielten die Ermittler ohnehin zeitnah. Falls die Mediziner wichtige Erkenntnisse entdeckten, warteten die heutzutage nicht, bis der Bericht geschrieben war, sondern sie informierten vorab telefonisch. Ansonsten konnte man ja auch zum Telefon greifen und selbst nachhören.

Es klopfte an der Tür. Mit dem jungen Mann, der dann in ihr Zimmer trat, hatten Leyendecker und sie bei ihrem letzten Fall zusammengearbeitet.

Lars Höbel hatte sich nicht verändert. Wie hätte das auch sein sollen, denn so lange war das auch nicht her. Er sah immer noch eher einem Surflehrer als einem Kripobeamten ähnlich. Ulla wunderte sich über seine Sonnenbräune. Gegen ihn kam sie sich blass vor. Auch an ihr war der lange Winter nicht spurlos vorübergegangen. Er trug wieder den obligatorischen Laptop um die Schulter. Darüber hinaus hatte er eine Sporttasche bei sich, die vermutlich seine persönlichen Sachen enthielt.

„Sie sehen gut aus, Herr Kollege", stellte sie fest.

„Das Kompliment kann ich gleich zurückgeben. Bei mir liegt das wohl daran, dass ich letzte Woche noch auf Teneriffa war. Bei Ihnen ist das immer so."

„Hören Sie auf", winkte sie ab. „An uns allen nagt der Zahn der Zeit. Sie sollten mich mal morgens kurz nach dem Aufstehen sehen. Aber genug der Schmeicheleien. Wollte niemand Ihrer Kollegen die Stadt gegen unser beschauliches Hachenburg eintauschen? Da mussten Sie sich wohl wieder opfern."

„So ist das nicht. Ich habe alles daran gesetzt, dass mir dieser Fall übertragen wurde."

„Die Beziehung hat gehalten?", hörte sie vorsichtig nach.

„Das war einer der Gründe. Der zweite war die gute Zusammenarbeit mit Ihnen und Herrn Leyendecker. Die hat mir damals viel Freude gemacht, und ich habe auch einiges bei Ihnen gelernt. Da liegt es doch auf der Hand, dass ich diese Zusammenarbeit gerne fortsetzen möchte, und jetzt bin ich hier."

„Ihr Zimmer hier bei uns ist noch frei", erklärte Ulla. „Wohnen Sie bei Ihrer Freundin?"

„Da ist etwas wenig Platz, und ehrlich gesagt, ist mir ihre Mutter etwas zu neugierig. Ich wohne wieder im Landgasthof Hormann. Ich habe gestern Abend ein Zimmer bestellt."

„Sie wussten bereits gestern Abend, dass Sie hierher kommen würden?"

„Aber ja, und ich war auch nicht ganz untätig. Aber wollen wir nicht Herrn Leyendecker dazubitten? Schließlich ist er ja hier der Chef, und ich hätte mich wohl gleich bei ihm melden müssen."

„Ich denke, so genau nimmt Christoph das nicht. Aber lassen Sie uns zu ihm gehen, sein Zimmer ist etwas größer."

Leyendecker war sichtlich erfreut, den jungen Kollegen wiederzusehen, war er sich doch sicher, dass der nicht sein eigenes Süppchen kochen würde. So konnte er auch wieder einmal in einem Kriminalfall ermitteln. Die Arbeit an einem konkreten Fall war im weitaus lieber als die vorwiegend organisatorischen Tätigkeiten oder gar die Repräsentationsaufgaben, die er überhaupt nicht mochte. Er freute sich schon auf die willkommene Abwechslung.

„Ich habe schon Vorarbeit geleistet", erklärte Höbel, nachdem sie sich begrüßt hatten. „Da ich diesen Fall ja gerne übernehmen wollte, musste ich auch in den sauren Apfel beißen und die Eltern aufsuchen. Natürlich waren die wie vor den Kopf geschlagen. Stellen Sie sich vor, die haben nicht gewusst, dass sie hier in Hachenburg als Hausmädchen arbeitete. Ihre Tochter wollte Journalistin werden und hat ihnen erzählt, dass sie deshalb ein Praktikum mache. Sie hatten auch regelmäßig telefonischen Kontakt. Gelegentlich hat Lisa sie unter der Woche besucht, aber von Hachenburg ist nie die Rede gewesen."

„Sie muss doch irgendwas von ihrer Tätigkeit erzählt haben", wunderte sich Ulla.

„Da ist sie offenbar sehr vage geblieben."

„Es gibt vermutlich einen Grund, warum sie das ihren Eltern verschwiegen hat. Die jungen Leute erzählen heute ihren Eltern bei Weitem nicht alles", vermutete Leyendecker.

„Das haben wir damals auch nicht", bemerkte Ulla. „Vielleicht wollte sie ihren Eltern auch lediglich verschweigen, dass sie als Dienstmädchen arbeitet."

„Das glaube ich nicht", erklärte Höbel. „Die Eltern haben auf mich einen sehr bodenständigen Eindruck gemacht. Sie wären eher stolz gewesen, dass ihre Tochter sich nicht zu schade war, vor ihrem Studium eine solche Arbeit anzunehmen. Mir scheint, dass wir bei den Eltern nicht viel erfahren werden. Die hatten wirklich keine Ahnung. Sie haben doch sicher schon einige Zeugen befragt. Sind Sie da auf irgendwelche Hinweise gestoßen? Irgendwo müssen wir ja nun anfangen."

„Wir sind da an so eine obskure Organisation geraten. Die nennt sich *Neues Licht,* sagt Ihnen das was?"

„Sie werden sich wundern. Tatsächlich sagt mir das was. Ich glaube, die hatten mal einen Stand in der Fußgängerzone in Koblenz. Sie wollten Bücher verkaufen und Mitglieder werben. Wenn ich mich recht erinnere, trugen alle so ein gelbes Halstuch. Ich habe sie irgendwie in einen Topf mit diesen Anhängern von Bhagwan geworfen, die damals in weißen Gewändern durch die Städte zogen. Sie erinnern sich da vermutlich eher. War das nicht in den Siebzigern?"

„Das ist auch gar nicht so weit weg", meldete Ulla. „Vermutlich war dieser indische Guru einer der Ideengeber für Karl-Heinz Mauer."

Höbel schaute sie fragend an, also fuhr Ulla fort. „Ich kenne den von früher, nicht den Bhagwan, diesen Karl-Heinz Mauer, er ist einer von diesen Schaumschlägern, die irgendwie immer wieder auf die Füße fallen, weil die Dummen nie aussterben."

„Er nennt sich Charles Lemur", ergänzte Leyendecker. „Anscheinend ist er der Kopf von dieser Organisation. Wie es aussieht, scheint Hachenburg der Hauptsitz zu sein. Sie können ja mal im Internet forschen, was Sie über ihn herausfinden. Das gleiche gilt für seine Frau. Wie Ulla mir sagte, hat er Privatinsolvenz angemeldet. Um eine solche Organisation ins Leben zu rufen, bedarf es zweifellos auch Kapital. Vielleicht hatte er ja irgendwo noch Geld gebunkert, und wir können ihm da noch irgendwie an den Karren fahren. Dann ist nämlich das ganze Insolvenzverfahren hinfällig, wenn es sich nicht sogar um eine Straftat handelt."

„Ich verschwinde dann mal in mein Zimmer und richte mich ein. Danach werde ich erst einmal die Akten studieren", bemerkte Höbel. „Ich bin ja erst seit gestern Abend mit dem Fall befasst. Auf eine gute Zusammenarbeit."

„Und wir? Wie machen wir weiter?", erkundigte sich Ulla, als der junge Mann gegangen war.

„Ich muss mich erst einmal um die tägliche Routine kümmern", erklärte Leyendecker.

So sehr Ulla auch wusste, wie wichtig die ersten Stunden nach der Entdeckung eines Verbrechens waren, so wichtig war es auch, nicht in planlose Hektik zu verfallen. Es war an der Zeit, den gesamten Fall noch einmal durchzudenken. Sie ging in ihr Zimmer und rief dem Vorgang im PC auf.

Natürlich blieben noch viele Fragen offen. Was hatte die junge Frau mitten in der Nacht im Burggarten gewollt? Ohne Grund ging man doch nachts nicht in so einen Park. Wollte sie da jemand treffen? War sie überhaupt dort getötet worden, oder hatte man sie dorthin geschafft und in dem Schuppen abgelegt? Eigentlich kam ihr das unwahrscheinlich vor. Dafür hätte der Täter über detaillierte Ortskenntnisse verfügen müssen. Ulla hatte diesen Schuppen gestern zum ersten Mal gesehen. Und sie war immerhin schon einige Jahre in Hachenburg. Der Ablageort war wohl eher dem Zufall geschuldet. Zwar hätte man leicht über die Zufahrt des Parkplatzes dorthin gelangen können, aber es hätte immer die Gefahr bestanden, dass man gesehen wurde, denn das Forstliche Bildungszentrum stand ja auch nachts nicht leer. Um eine Leiche fortzuschaffen, hätte es sicher unkompliziertere Stellen gegeben. Es sprach alles dafür, dass die junge Frau in unmittelbarer Nähe getötet wurde.

Ulla glaubte auch nicht, dass sie aus Zufall auf ihren Mörder getroffen war. Es kam zwar immer wieder einmal vor, dass jemand wahllos seine Opfer auswählte, egal ob es um ein Sexualdelikt oder einen Raub ging. Derjenige lauerte dann aber nicht an einem Ort, an dem um diese Zeit so gut wie kein Mensch vorbeikam.

Die einzige logische Konsequenz war, dass sie verabredet war. Das bedeutete zwangsläufig, dass sie denjenigen kannte. Mit einem Fremden traf man sich nicht an einem solchen Ort.

Sie wollte nicht mit dem gesehen werden, den sie dort traf. Aber vielleicht wollte derjenige auch nicht mit ihr gesehen werden. Der Grund hierfür musste derzeit offenbleiben. Ulla hätte gerne einen Zusammenhang mit Charles Lemur hergestellt, aber sie wollte sich nicht allzu früh festlegen. Schließlich hatte ihm seine Frau ein Alibi gegeben, auch wenn dieses Alibi doch recht wackelig war.

Ein weiterer seltsamer Aspekt dieses Falles war, dass die Eltern nichts von ihrer Tätigkeit ahnten. Zwar wissen viele Eltern nichts von dem, was ihre Kinder machen. Aber es gab für Lisa Sommer keinen Grund, das vor ihren Eltern zu verbergen.

Höbel betrat kurz darauf ihr Zimmer. „Ich habe einmal in verschiedenen Dateien nachgeforscht", berichtete er. „Dort werden im Wesentlichen Ihre Informationen über Lemur bestätigt. Er hat ein knappes Jahr in der JVA Diez gesessen."

„Ich dachte, nach Diez kämen nur die schweren Jungs", wunderte sich Ulla.

Höbel zuckte die Schultern. „Bei dem Platzmangel, der heute in den Gefängnissen herrscht, ist man da möglicherweise nicht mehr so wählerisch.

Die ersten Aktivitäten von diesem *Neuen Licht* gab es vor etwa einem halben Jahr. Ungefähr seit dieser Zeit halten er und seine Frau sich auch in Hachenburg auf. Er hat den Teil des Hotels wohl angemietet. Kurz danach wurden auch in mehreren Städten diese Zentren eingerichtet. Sie haben schon recht, hierfür waren mit Sicherheit erhebliche Geldmittel notwendig. Das Geschäftsmodell ist ja an und für sich recht Erfolg versprechend, das haben andere ja schon gezeigt.

Ich kann mir aber nicht vorstellen, dass eine Bank ihm das vorfinanziert."

„Hat seine Frau Geld?", erkundigte sich Ulla.

„Das sieht nicht so aus. Sie hieß Lucille van Hertog."

„Das klingt niederländisch. Ich habe keinen Akzent bemerkt."

„Ihr Vater war Holländer, die Mutter Deutsche. Sie sind vor ein paar Jahren gestorben und haben ihr ein altes Bauernhaus in der Eifel hinterlassen, das sie gekauft haben, als der Vater in Rente ging. Der Erlös daraus hat vermutlich nicht einmal die Kosten des Lebensunterhaltes der beiden während der Phase des Wohlverhaltens gedeckt."

„Wie ich Mauer einschätze, hat er auch da nicht gerade bescheiden gelebt."

„Das Geld muss also von irgendwoher gekommen sein. Entweder er hatte es noch irgendwo gebunkert, oder er hatte einen Finanzier. Aber wo sollte der denn herkommen? Wer finanziert denn so was?"

„Lassen Sie uns mal spinnen", forderte Ulla Höbel auf. „Warum soll er den nicht im Gefängnis kennengelernt haben? Es gibt doch genug Geld, das irgendwie gewaschen werden muss."

„Ein gewagter Gedanke, für den wir allerdings keinen Beweis haben. Wir sollten den Gedanken aber im Hinterkopf behalten."

„Wie dem auch sei, wir müssen uns wohl oder übel etwas gedulden. Vielleicht finden wir ja noch Zeugen. Außerdem hoffe ich, dass uns die Spurensicherung und die Obduktion weiteren Aufschluss bringen. Ich denke, dass wir im Laufe des Tages mit weiteren Ergebnissen rechnen können. Die örtliche Presse wird ja auch von dem Fall berichten. Wenn wir Glück haben, meldet sich dann noch jemand, der etwas gesehen hat. Jedenfalls sind wir dringend auf weitere Informationen angewiesen."

Kapitel 5

„Hier ist ein junger Mann, der eine Zeugenaussage im Fall Lisa Sommer machen möchte, Frau Stein", meldete sich die Pforte.

„Schicken Sie ihn doch gleich zu mir."

Lars Höbel, der gerade im Gehen war, zögerte.

„Bleiben Sie nur hier", forderte Ulla ihn auf. „Hören wir uns gemeinsam an, was er zu sagen hat."

Kurz darauf betrat ein etwa Dreißigjähriger das Zimmer. Er war so etwas wie das genaue Gegenteil von Lars Höbel, relativ unscheinbar, zwischen eins siebzig und eins fünfundsiebzig groß, von kräftiger Statur, kurz geschnittene braune Haare. Er trug einen Parka, der wohl in den Siebzigern einmal Mode gewesen war. Auffallend war seine große Brille im Retrolook, die schon fast wieder modisch war. Er machte einen verunsicherten Eindruck.

„Sie kommen wegen Frau Sommer?", fragte Ulla und deutete auf einen der Stühle vor ihrem Schreibtisch. „Nehmen Sie doch Platz. Das ist der Kollege Höbel."

Umständlich setzte sich der Besucher hin. „Ich habe ihr Bild in der Zeitung gesehen. Vermutlich haben die es herausbekommen", formulierte er.

Sehr klar drückte sich der junge Mann ja nicht aus. „Wer sind die?", fragte Ulla daher nach, „und was haben die herausbekommen?"

Der junge Mann kramte umständlich in seiner Tasche und holte eine Visitenkarte hervor, die er Ulla übergab.

„Alexander Staab, Journalist", las Ulla laut vor. Einen Journalisten hätte sie sich irgendwie anders vorgestellt. Aber sie nahm an, dass es sich um keine geschützte Berufsbezeichnung handelte, sodass sich heutzutage jeder Journalist nennen durfte. „Was führt Sie denn nun zu uns, Herr Staab?", erkundigte sie sich in der Hoffnung, dass ihr Gegenüber so langsam mal zur Sache kam.

„Es geht um diesen Scharlatan, diesen Lemur!", erklärte Staab heftig.

„Vielleicht erzählen Sie einmal von Anfang an", forderte Ulla ihn auf.

Staab schien nicht zu wissen, was er mit seinen Händen anfangen sollte. Unablässig rieb er seine Finger. „Als ich das Bild heute in der Zeitung sah, habe ich gleich gewusst, dass der es war. Wie Sie ja sehen, bin ich Journalist, investigativer Journalist."

Irgendwie erschien Ulla das alles etwas dubios. Ihr Gegenüber kam ihr eigentlich zu unreif für einen investigativen Journalisten vor. Trotzdem nickte sie ihm auffordernd zu, fortzufahren.

„Dieses *Neue Licht* ist doch wieder nur so eine Sekte, die ihre Anhänger in die Irre führt.

Falls sie ihnen nur ihr Geld abnimmt, wäre das noch das geringere Übel. Aber diese Gurus haben schon viel Unheil angerichtet. Denen muss das Handwerk gelegt werden."

„Da mögen Sie wohl recht haben", bestätigte Höbel, „was aber hat das nun mit unserer Toten zu tun?

„Warten Sie, darauf komme ich gleich. Ich habe einen Blog im Internet, in dem ich die Machenschaften dieser Verführer anprangere."

Da hat er sich aber eine Menge vorgenommen, dachte Ulla. Ob er sich da nicht übernimmt? „Wie kommt da Frau Sommer ins Spiel?"

„Es gibt da auch einen Chatroom, in dem über diese Veröffentlichungen diskutiert wird, in dem sich aber auch Betroffene zu Wort melden können."

„Und da hat sich Frau Sommer gemeldet?", fragte Ulla. „War sie eine Betroffene?"

„Nein, sie war keine Betroffene, sie wollte Journalistin werden und hat angeboten, in irgendeiner Form mitzuarbeiten."

„Dass sie Journalistin werden wollte, können wir bestätigen. Sie wartete auf einen Studienplatz. Wie ist sie denn nun an das *Neue Licht* gekommen?"

„Nun, ich hatte die schon länger im Visier. Ich habe in meinem Blog auch einmal eine kurze Abhandlung geschrieben, da hat sie diese Anzeige gelesen, in der die so etwas wie eine Hausgehilfin suchten, und vorgeschlagen, sich dort zu bewerben. Das schien mir eine gute Idee zu sein, mehr über deren Treiben zu erfahren."

„Wenn diese Leute doch in Ihren Augen solche Scharlatane sind, da hatten Sie keine Bedenken, diese junge Frau da mit hineinzuziehen?", wunderte sich Ulla.

„Sie wollte Journalistin werden, da muss man schon einmal gewisse Gefahren in Kauf nehmen. Sie war volljährig. Da sollte man wissen, was man tut."

„Sie haben diese junge Frau also quasi als Spionin gebraucht", schaltete sich Höbel ein. „Ist wenigstens was dabei herausgekommen? Hat sie Ihnen Informationen geliefert, die Sie gebrauchen konnten?"

„Bisher war das alles sehr allgemein gehalten", musste Staab zugeben, „aber sie war zuversichtlich, bald an relevante Tatsachen heranzukommen. Das hat sie mir vorgestern Abend noch gesagt."

„Sie haben mit ihr gesprochen? Wann war das?"

„Wir haben miteinander telefoniert. Das muss so kurz vor elf gewesen sein."

„Und dann?"

„Dann habe ich wieder an meinem Blog gearbeitet. Sie hat gesagt, sie würde sich wieder melden."

„Hat sie sich wieder gemeldet? Was haben Sie vorletzte Nacht gemacht?"

64

„Nein, sie hat sich nicht mehr gemeldet. Das war in dieser Nacht auch nicht mehr geplant. Wie ich schon sagte, habe ich an meinem Blog gearbeitet. Ich bin dann so gegen zwei Uhr ins Bett."

„Zeugen haben Sie dafür nicht?"

„Wie sollte ich, aber Sie haben sicher Möglichkeiten zu überprüfen, dass ich eingeloggt war."

„Was halten Sie von dem?", erkundigte sich Ulla bei Höbel, nachdem sie die Aussage protokolliert hatten.

„Ein seltsamer Kerl. Mein Eindruck ist, dass es sich da um ein armes Würstchen handelt", stellte Höbel fest. „Ich kann mir beim besten Willen nicht vorstellen, dass der das Zeug zu einem investigativen Journalisten hat. Aber man kann sich ja täuschen."

„Und dann zieht er diese junge Frau da mit hinein, die vermutlich noch blauäugiger ist als er."

„Müssen wir ihn mit auf die Liste der Verdächtigen setzen?", fragte Höbel.

„Ich glaube eher nicht. Aber jeder ist verdächtig."

„Er hat sich immerhin freiwillig gemeldet."

„Das spricht nur vordergründig für ihn. Wir wären ohnehin auf ihn gestoßen, wenn wir den Verbindungsnachweis der Toten ausgewertet hätten. Im Übrigen wird sich von der Telefongesellschaft feststellen lassen, von wo er telefoniert hat, und ob sich sein Telefon danach bewegt hat."

„Falls es eingeschaltet war," gab Höbel zu bedenken. „Er wohnt in Vallendar. Da hätte er Zeit genug gehabt, um zum Tatzeitpunkt hier zu sein."

„Jedenfalls müssen wir das überprüfen. Es wird sich ja auch feststellen lassen, ob er an seinem Blog gearbeitet hat und von wo aus er eingeloggt war. Mir stellt sich aber eher eine andere Frage. War diese amateurhafte Aktion der Auslöser für den Mord an Lisa Sommer?"

„Dann müssten wir unseren Mörder im Umfeld des *Neuen Lichts* suchen."

Am späten Nachmittag wollte Lars Höbel sein Quartier im Landgasthof Hormann beziehen. Er war durchaus einige Male im Burggarten gewesen, aber der Fundort der Leiche war ihm total fremd. Er beschloss daher, einen kleinen Umweg zu machen und auf dem Parkplatz des Forstlichen Bildungszentrums zu parken, um sich die Stelle anzusehen, wo man die Tote gefunden hatte. Allzu viel versprach er sich davon nicht. Er wollte sich lediglich einen Eindruck verschaffen.

Sein Weg führte ihn am Burggartenhotel vorbei. Als er sich dem Hotel näherte, sah er einen Mann herauskommen, der genauso aussah, wie Ulla Stein diesen Lemur beschrieben hatte. Auf der Straße stand ein dunkler SUV. Lemur stieg zur Seitentür ein. Einem inneren Impuls folgend, fuhr Höbel hinter dem Fahrzeug her. Er hielt einen gebührenden Abstand, um nicht aufzufallen. Er kannte sich ja noch nicht so gut mit den Örtlichkeiten im Westerwald aus. Aufgrund der Beschilderung merkte er, dass sie über Unnau in Richtung Bad Marienberg fuhren. Bevor sie jedoch Bad Marienberg erreichten, bog der Wagen links ab und hielt schließlich auf dem Parkplatz des Wildparks. Die Fahrt hatte etwa zwanzig Minuten gedauert. Höbel konnte sich nicht vorstellen, dass die von ihm Beobachteten die in dem Park gehaltenen Tiere besichtigen wollten, aber einen Grund würde es schon geben, dass sie zielgerichtet diesen Parkplatz ansteuerten.

Viele Fahrzeuge standen dort nicht. Das war an den Wochenenden vermutlich anders, denn um diese Jahreszeit hatten viele der Tiere Junge, und insbesondere für Kinder war der Park ein lohnendes Ausflugsziel. Vermutlich gehörten die meisten der jetzt geparkten Pkws Joggern, die hier ihre Runden drehten.

Auffallend war jedoch eine große schwarze Limousine mit verdunkelten Scheiben, die irgendwie nicht hierher passte. Beide Insassen des SUV stiegen aus. Der Fahrer tastete Lemur ab, nahm dessen Handy an sich und deutete dann auf die Limousine. Lemur ging darauf zu. Die Hintertür öffnete sich, und er stieg ein.

Höbel beobachtete den seltsamen Vorgang. Offenbar hatte der Fahrer Lemur auf Waffen oder irgendwelche Abhörgeräte untersucht. Eine normale Begegnung war das auf keinen Fall. Höbel hätte eine Menge dafür gegeben, den Gesprächen in der Limousine zuzuhören. Er schoss ein paar Fotos von den beiden Autos und dem Fahrer des SUV, der misstrauisch zu ihm herüber sah. Er entschied sich daher, nicht weiter zu warten, denn er befand sich hier auf dem Präsentierteller, und er wollte keine weitere Aufmerksamkeit erregen. Als er davon fuhr, sah er, dass der Fahrer sich abwandte und ihm keine weiter Beachtung schenkte.

Die Bilder schickte er gleich nach Koblenz. Dort hatte man wahrscheinlich keine Probleme, herauszufinden, wem der schwere Wagen gehörte. Vielleicht konnte man auch die Identität des Fahrers des SUV feststellen. Leider waren die Insassen der Limousine aufgrund der abgedunkelten Scheiben nicht zu erkennen.

Die Obduktion bestätigte den ursprünglich angenommenen Todeszeitpunkt, der Tod war etwa um Mitternacht eingetreten, vielleicht eine halbe Stunde vorher oder nachher.

Die Tote war stranguliert worden. Man hatte an ihrem Hals Reste von Textilien gefunden. Die kriminaltechnische Untersuchung hatte festgestellt, dass hierfür eine Kunstfaser mit Seide gemischt wurde, wobei der Seidenanteil relativ hoch war. Die Farbe war wohl gelb oder gold. Natürlich erinnerte das Ulla sofort an die Halstü-

cher, die sie bei den Bewohnern des Burggarten-
hotels gesehen hatte.

Weitere Hinweise gab es nicht. Unter den
Fingernägeln wurde keine fremde DNS gefunden. Anhaltspunkte für ein Sexualdelikt gab es
ebenfalls nicht. Allzu weit war die Tote wohl
nicht transportiert worden, denn sie hatte unmit-
telbar nach Eintritt des Todes in dem Schuppen
gelegen und war danach auch nicht mehr bewegt
worden. Dies ging aus der Position der Totenfle-
cken hervor.

Die Spusi hatte jede Menge Material gesam-
melt. Aber ohne Vergleichsproben war das praktisch wertlos. Dort lagen jede Menge Zigaretten-
kippen. Die stammten wohl von den Forstschü-
lern, die den Schuppen bei Regen als Unterstand
nutzten. Das übrige Sortiment reichte von Kon-
domen bis zu Kronkorken.

Man hatte den Laptop und das Handy der Toten ausgewertet. Es fanden sich die Berichte, die
Lisa Sommer an diesen Alexander Staab geschickt hatte. Aber die gaben keinen weiteren
Aufschluss, sondern enthielten lediglich Allge-
meinplätze. Investigativ konnte man das nicht
gerade nennen. Die junge Frau hatte keinerlei
Entdeckungen gemacht, die ihre Ermordung auch
nur entfernt erklären konnten. Wenn man zwischen den Zeilen las, war in den neueren Berichten sogar eine gewisse Sympathie für das *Neue
Licht* und seinen charismatischen Führer zu erkennen. Ansonsten waren da lediglich die übli-

chen Kurzmitteilungen mit Freunden und Bekannten.

Das Handy Staabs war zum Todeszeitpunkt eingeschaltet und hatte den festen Standort in Vallendar nicht verlassen. Das hatte die Auskunft der Telefongesellschaft ergeben. Ob die Tote ihr eigenes Handy bei sich geführt hatte, konnte nicht festgestellt werden, denn es war ausgeschaltet. Die Funkpeilung wäre ohnehin hierfür zu ungenau gewesen. Und warum hätte der Täter es in ihr Zimmer zurückbringen sollen?

Ulla landete mit ihren Überlegungen immer wieder bei der Gemeinschaft im Burggartenhotel. Aber sie konnte auch dort kein Motiv erkennen.

Lars Höbel hatte ihr gleich zu Dienstbeginn von seiner Beobachtung berichtet. Ob hier ein Zusammenhang mit dem Mord bestand, musste als Möglichkeit in Betracht gezogen werden. Mehr aber auch nicht.

Farbe und Material der Textilreste am Hals der Toten wiesen natürlich auf die Halstücher der Gemeinschaft hin. Aber davon gab es ja viele. Vermutlich verkauften die Anhänger diese Tücher ebenso wie das Buch des Meisters in den Fußgängerzonen der Städte. Der Täter würde das betreffende Tuch wohl kaum verwahren.

Lars Höbel betrat das Zimmer und hatte einige Ausdrucke bei sich. „Anscheinend hatte ich doch einen guten Riecher. Wie ich bereits sagte, bin gestern Lemur und einem anderen Mann gefolgt und habe dabei interessante Erkenntnisse gewonnen. Ob das was mit unserem Fall zu tun hat, muss sich aber erst noch rausstellen."

„Erzählen Sie!", forderte Ulla ihn auf, „oder warten Sie, vielleicht sollten wir Christoph mit hinzu bitten."

„Ich bin da auf einen recht großen Fisch gestoßen", erklärte Höbel, als Leyendecker sich gesetzt hatte. „Ich will es kurz machen. Lemur hat sich mit jemand in einem Auto auf dem Parkplatz des Wildparks in Bad Marienberg getroffen. Die Limousine gehört einer Firma, die wiederum einer anderen Firma gehört und so weiter. Am Schluss landet man dann bei einem gewissen Clemens Uhr."

„Der ist mir bisher noch nicht untergekommen", stellte Leyendecker fest. „Wer ist das?"

„Ich kenne ihn genauso wenig, aber ich kann Ihnen erzählen, was wir über ihn haben. Anscheinend ist er einer der Großen in der Unterwelt. Er wurde in einem kleinen Ort in Oberbayern geboren und stammt aus einfachen Verhältnissen. Er hat es aber verstanden, sich mit Durchsetzungsvermögen und wohl auch mit Skrupellosigkeit nach oben zu schaffen.

Schon als Kind begann er mit dem Ringen. Als Jugendlicher brachte er es bereits in die Zweite Bundesliga. Von da stammt nicht nur das Aussehen seines linken Ohres, das einem Blumenkohl ähnelt, sondern auch der Kampfname, den er heute noch trägt. Wenn man von ihm re-

det, spricht man meist mit einer gewissen Ehr-
furcht vom Uhrviech.

Durch seinen Sport hatte er sich die notwendige Härte angeeignet, die ihn fortan begleitete.
Zunächst landete er bei einer Unterweltgröße in
Frankfurt, dessen rechte Hand er nach zwei Jahren wurde, bevor er kurz darauf den ganzen Laden übernahm. Sein Vorgänger war auf myste-
riöse Weise verschwunden. Jedenfalls scheute er
keine Auseinandersetzung, was ihn zu einem der
einflussreichsten Männer der Frankfurter Unterwelt machte. Schließlich hat er sich aus dem Ta-
gesgeschäft zurückgezogen, ist aber nach wie vor
noch an zahlreichen illegalen Geschäften beteiligt, ohne dass man ihm das nachweisen kann.
Man hat zwar hier und da einige seiner Leute
verhaftet. Die haben aber immer eisern ge-
schwiegen, sodass man ihm nie etwas beweisen
konnte."

„Was hat so jemand mit Karl-Heinz Mauer,
alias Charles Lemur, zu tun?", wunderte sich
Ulla. „Der ist nun wirklich eine Nummer zu groß
für Mauer."

„Wir haben doch darüber gesprochen, dass
Lemur für seine Unternehmung eine nicht un-
erhebliche Summe Anfangskapital benötigt haben muss. Vielleicht haben wir es hier mit dem
Geldgeber zu tun."

„Schon möglich", bestätigte Leyendecker,
„aber ich glaube nicht so recht daran. Was Sie
von dem Mann berichtet haben, zeigt doch, dass

wir es mit einem der Großen in diesem Geschäft zu tun haben. Glauben Sie ernsthaft, der macht Darlehnsgeschäfte von ein paar Hunderttausendern und kümmert sich dann persönlich darum? Das sind für den doch nur Peanuts. Dafür hat der doch seine Leute. Außerdem haben Sie ihn ja nicht gesehen. Vielleicht war ein ganz Anderer im Auto."

„Das erscheint mir logisch", stimmte Höbel zu. „Meine Informationen besagen aber, dass das Auto in der Regel nur von ihm genutzt wird. Der Fahrer des SUV ist ein gewisser Goran Nastasic, ein kleiner Gangster, der bisher nicht im Umfeld Clemens Uhrs aufgetaucht ist. Vielleicht ist er das Verbindungsglied zwischen Lemur und Uhr."

„Wir können hier so viele Vermutungen anstellen, wie wir wollen. Wir werden zu keinem Ergebnis kommen", sagte Leyendecker. „Wir müssen sämtliche Aktivitäten um das Burggartenhotel im Auge behalten. Eine lückenlose Überwachung können wir uns personell nicht erlauben. Ich kann veranlassen, dass dort vermehrt Streife gefahren wird. Ulla, du solltest die Herrschaften noch einmal aufsuchen. Als Anlass kannst du ja die Textilspuren nehmen, die man am Hals der Toten gefunden hat. Klopf da noch einmal richtig auf den Busch, und bring eins der Tücher mit, damit die Spezialisten die Zusammensetzung vergleichen können. Ich habe aber keine Zweifel, dass die Spuren am Hals der Toten von so einem Tuch stammen. Ansonsten wäre das dann doch zu viel Zufall. "

„Ich würde gerne mitkommen", bat Höbel, „ich möchte diesen seltsamen Charles Lemur auch einmal näher kennenlernen."

Vor dem Burggartenhotel hielt ein grauer Sprinter. Zwei Männer luden mehrere Pakete aus. Lemur stand daneben und sah aufmerksam zu. Warum kamen die Männer Ulla irgendwie seltsam vor? Das Fahrzeug zeigte keinerlei Firmenaufdruck auf der Fahrertür. Aber vermutlich gehörte es einem jener armen Subunternehmer, die für einen Hungerlohn Transporte für lediglich eine Firma ausführten.

Lemur kam auch gleich auf sie zu. Bevor Ulla eine Frage stellen konnte, erläuterte er: „Die beiden Herren sind von der Druckerei. Eine neue Lieferung meines Buches. Wir vermarkten alles selbst, haben einen eigenen Verlag gegründet. Wenn Sie wünschen, signiere ich Ihnen und Ihrem jungen Kollegen auch ein Buch. Ich gehe doch recht in der Annahme, dass das ein Kollege von Ihnen ist?"

„Besten Dank", lehnte Ulla ab. Es reichte, dass Leyendecker ein solches Buch hatte, aber sie würde es wohl kaum über sich bringen, darin zu lesen. „Sie vermuten richtig. Das ist Herr Höbel von der Kripo Koblenz."

„Freut mich, Sie kennenzulernen, Herr Höbel." Er schaute Ulla an. „Was kann ich denn sonst für Sie tun? Wollen Sie nicht hereinkommen?"

„Gerne", antwortete Ulla, die es Überwindung kostete, auf den höflichen Small Talk einzugehen. „Wir hätten da doch noch einige Fragen zu klären."

„Gehen wir in mein Büro", schlug Lemur vor. „Wir sind der Polizei immer gerne behilflich."

Ulla hatte da so ihre Zweifel, äußerte sich aber nicht.

Die Einrichtung des Büros war in elegantem Weiß gehalten. Der einzige Wandschmuck war ein Porträt, das Lemur tief in Trance versunken im Lotussitz zeigte. Der Hausherr deutete auf ein weißes Sofa und nahm gegenüber in einem Sessel Platz. „Kann ich Ihnen etwas anbieten, einen Saft oder einen grünen Tee?"

„Nein danke, sehr freundlich", wehrte Ulla ab. „Wir möchten Ihre Zeit nicht allzu lang in Anspruch nehmen."

Er sah sie auffordernd an. „Wie Sie wollen. Stellen Sie Ihre Fragen."

„Sie sagten, vorgestern seien Sie und Ihre Frau allein zu Hause gewesen. Ist das richtig so?"

„Ich muss Sie berichtigen, Frau Stein. Ich habe nicht gesagt, dass wir den ganzen Tag allein zu Hause waren, sondern lediglich am Abend. Vormittags haben wir mit unseren Besuchern noch gemeinsam gefrühstückt. Dann sind alle wieder gefahren."

„Diese Besucher", erkundigte sich Höbel, „sind die regelmäßig hier, und was ist der Zweck der Besuche?"

„Da müsste ich weiter ausholen", erklärte Lemur, „aber vielleicht genügt Ihnen eine kurze Erklärung. Wir treffen uns zum gemeinsamen Meditieren und zur Vertiefung der Lehre. Das machen wir ziemlich regelmäßig."

„Welcher Lehre?", hörte Höbel nach.

„Der Lehre des *Neuen Lichts*."

„Etwas Anderes", schaltete sich Ulla wieder ein, die nicht erneut das sinnlose Geschwafel über diese Pseudoreligion hören wollte. „Wenn ich Sie richtig verstanden habe, existieren bereits mehrere Zentren, in denen diese Lehre verbreitet wird."

„Sehr richtig", bestätigte er, „gelehrt und gelebt. Wir sind sehr stolz darauf."

„Das kostet doch vermutlich eine Menge Geld. Räumlichkeiten müssen angemietet und ausgestattet werden."

„Wir haben großzügige Unterstützer. Außerdem bieten wir mit unseren Kursen eine wertvolle Leistung, für die gerne gezahlt wird."

„Das mag ja sein, aber so ganz kann ich das nicht glauben", bohrte Ulla nach. „Sie mussten doch erst einmal bekannt werden, diese Zentren mussten ausgestattet werden, die Miete dieses Hotels ist ja auch nicht kostenlos, und das alles hat mit Sicherheit viel Geld gekostet. Sie haben vorhin Bücher geliefert bekommen. Für die müssen Sie doch auch erst einmal in Vorleistung treten."

„Mehr kann und will ich Ihnen dazu nicht sagen."

„Reden wir doch einmal Klartext", beharrte Ulla auf einer Antwort. „Sie haben Privatinsolvenz angemeldet. Normalerweise ist man da mittellos. Sonst wird diese Privatinsolvenz doch gar nicht erst eröffnet. Gab es da noch Mittel, die Sie verschwiegen haben, oder hatten Sie so etwas wie einen Sponsor?"

„Das ist wieder typisch!", erwiderte er heftig. „Es heißt doch immer, jeder sollte eine neue Chance erhalten. Sind Sie vom Finanzamt, oder geht es Ihnen um die Aufklärung eines Verbrechens?"

„Wir ermitteln, um den Tod einer jungen Frau aufzuklären. Da müssen wir alle Umstände berücksichtigen. Wenn dabei irgendwelche Ungereimtheiten auftauchen, gehen wir denen nach."

„Wie Sie mich behandeln, das grenzt an Vorverurteilung. Ich denke, wir sollten das Gespräch an dieser Stelle beenden."

Ulla hätte gerne geantwortet, dass eine Steuerprüfung manchmal Wunder wirkt. Aber sie sah zunächst davon ab. Zu einem späteren Zeitpunkt konnte sie ja immer noch Kontakt zu den Finanzbehörden aufnehmen. „Lassen wir das zunächst", sagte sie. Ich kann Sie nicht zwingen, mir Ihre Finanzen offen zu legen. Die Tücher, die Sie und Ihre Frau tragen, die sind wohl so etwas wie ein Erkennungszeichen? Ich nehme an, es gibt eine ganze Menge davon."

„Ganz richtig", bestätigte er. „Jeder, der zu uns gehört, hat ein solches Tuch, aber wir verkaufen sie auch anderen Personen."

„Hatte Frau Sommer auch eins?"

„Frau Sommer gehörte nicht zu unserer Gemeinschaft, auch wenn ich zuletzt den Eindruck hatte, dass sie unserer Lehre nicht abgeneigt war. Aber sie hätte sich jederzeit eins nehmen können."

„Wie kommt man an die Tücher?", fragte Ulla nach.

„Wir verkaufen sie an unseren Ständen oder auch hier. Hier im Haus werden einige neue gelagert. Aber auch gebrauchte. Viele von uns haben mehrere. So lassen unsere Besucher welche unter der Woche hier, die dann gewaschen werden. Aber ich verstehe die Frage nicht. Was haben die Tücher mit dem Verbrechen zu tun? Wollen Sie auch eins, oder Sie vielleicht, junger Mann? Ich schenke es Ihnen."

„Das wäre sehr freundlich", antwortet Höbel.

„Einen Augenblick, das haben wir gleich." Als er zurückkam, hatte Lemur ein eingepacktes Halstuch dabei, das er Höbel übergab. „Aber jetzt lassen Sie mich bitte in Ruhe. Ich habe noch zu tun."

Draußen waren die beiden Männer mit dem Entladen des Transporters fast fertig.

Zu Höbels Überraschung hatte sich der Mann, der Lemur mit dem SUV abgeholt hatte, zu den beiden gesellt. Höbel nahm an, dass der wohl kein Mitarbeiter der Druckerei war, es sei denn, die druckten Blüten. Allzu gerne hätte er einen Blick auf die Pakete und auf die Ausweise der Männer geworfen, aber er wollte gegenüber dem Mann mit dem SUV nach wie vor unauffällig bleiben. Niemand sollte ahnen, dass sie eine Verbindung zu diesem Clemens Uhr hergestellt hatten. „Das ist der Mann, der Lemur zum Wagen von diesem Uhrviech gebracht hat", flüsterte er Ulla zu.

Ulla nickte und sah ihn fragend an.

„Tun wir so, als sei er uns völlig unbekannt. Er wird uns noch früh genug kennenlernen. Darauf möchte ich wetten."

Kapitel 6

„Ich habe einen neuen Job", erklärte Anna beim Frühstückstisch.

„Willst du dein Studium aufgeben?", staunte Lars Höbel. Er hatte die Nacht bei Anna verbracht. Deren Eltern nahmen derzeit an einer kurzen Flusskreuzfahrt zwischen Köln und Amsterdam teil, sodass er vor der Neugier ihrer Mutter sicher war. Er hatte am frühen Morgen frische Brötchen besorgt. Als sie aufwachte, war der Kaffee bereits durchgelaufen.

„Nicht doch", erwiderte sie. „Die Semesterferien beginnen bald, und ein paar Euros nebenher kann ich gut gebrauchen. Das Beste ist, dass dieser Job hier in Hachenburg ist."

„Du machst mich neugierig. Wie bist du daran gekommen?"

„Eigentlich habe ich den ja dir zu verdanken. Du bist doch wegen der Toten im Burggarten hier. Das hat mich auf die Idee gebracht."

Höbel schwante Schlimmes. „Was hat die Tote mit deinem Job zu tun?"

„Das liegt doch auf der Hand. Die brauchten doch dringend Ersatz für die Frau. Da bin ich einfach mal da hingegangen und habe nachgefragt. Du wirst es nicht glauben. Die waren hocherfreut, und die haben mich auch gleich genommen."

„Wer brauchte Ersatz?", fragte er nach, obwohl ihm eigentlich schon klar war, worauf das Gespräch hinauslief. Aber er wollte das nicht wirklich wahr haben.

„Na die im Burggartenhotel", erklärte sie, als sei das das Normalste auf der Welt. „Am Wochenende kommen schon die nächsten Besucher. Die waren richtig froh, so schnell jemand zu finden."

War sie jetzt komplett verrückt geworden? Zweifellos hatte sie diesen Job nicht wegen des Geldes angenommen. Nur weil sie die Polizei auf die Spur dieser Faustkämpfer und Wettbetrüger gebracht hatte, fühlte sie sich zur Ermittlerin berufen. Das war keine Aufgabe für abenteuerlustige Amateurinnen. „Das machst du nicht!", erklärte er kategorisch.

„Wer sollte mir das verbieten?", erwiderte sie schnippisch. „Dies ist ein freies Land, und ich bin volljährig. Das kann mir niemand verbieten. Auch du nicht."

„Ich verbiete es dir trotzdem!", antwortete er heftig.

Lächelnd sah sie ihn an und lehnte sich genüsslich zurück. „Hör mal, junger Mann. Wir sind nicht verheiratet, und selbst dann hättest du mir nichts zu verbieten. Das mag vor hundert Jahren anders gewesen sein."

„Ich weiß, dass ich dir nichts verbieten kann, aber sieh doch ein, dass das viel zu gefährlich für dich ist."

„Was soll daran gefährlich sein? Glaubst du, die meucheln da wahllos junge Frauen?"

„Wir wissen noch nicht, um was es da geht. Jedenfalls ist das kein Terrain für irgendwelche Amateurdetektivinnen", erklärte er eindringlich, aber er wusste bereits, dass seine Einwände zwecklos waren.

„Ich bin keine Amateurdetektivin. Das ist nur ein Job, und die zahlen nicht schlecht. Aber vielleicht bringe ich ja so ganz nebenbei etwas in Erfahrung, was dir bei deinem Job weiterhilft. Das kann dir und deinen Kollegen doch nur recht sein."

Das hätte ihm gerade noch gefehlt. Seine Vorgesetzten würden begeistert sein. „Genau das Gegenteil ist der Fall. Ein Disziplinarverfahren ist das Wenigste, was mich erwartet, wenn ich meine Freundin in einem Mordfall ermitteln lasse."

„Red keinen Unsinn! Du lässt deine Freundin in keinem Mordfall ermitteln. Sie hat sich lediglich in den Semesterferien einen Job gesucht. Daran können deine Vorgesetzten auch nichts ändern."

Er schüttelte den Kopf. „Du willst es nicht verstehen. Man kann mich jederzeit von dem Fall abziehen, und das wird man auch tun, wenn man davon erfährt. Dadurch, dass du dort arbeitest, bin ich persönlich in den Fall involviert."

„Dann sag halt niemand, dass deine Freundin dort arbeitet."

„Und du glaubst wirklich, das kommt nicht heraus. Aber es geht ja nicht nur um meine Kollegen. Was ist, wenn uns jemand aus dem Umfeld des *Neuen Lichts* zusammen sieht? Welche Schlüsse wird er daraus ziehen? Er wird glauben, dass wir zusammenarbeiten. Die Tote hat auch Nachforschungen bei diesen Leuten angestellt. Und du weißt ja, was dabei herausgekommen ist."

„Dann müssen wir dafür sorgen, dass uns niemand zusammen sieht."

Hilflos breitete er die Arme aus. „Ich habe mich um diesen Fall bemüht, weil ich mehr mit dir zusammen sein wollte."

„Das geht ja nun leider nicht mehr. Ich schlage vor, wir fangen gleich damit an."

„Womit fangen wir an?", erkundigte er sich hilflos.

„Mit unserer Trennung", erwiderte sie bestimmt. „Wir sollten uns vorläufig nicht sehen. Das ist wohl für uns beide das Beste."

Fassungslos schaute er sie an. Das wurde nichts mehr. Sie hatte einen solchen Dickkopf. Wortlos stand er auf, griff nach seiner Jacke und ging, ohne ein Wort zu sagen. Als er kopfschüttelnd das Haus verließ, ließ er die Haustür in der Hoffnung offen, dass sie ihm nachrufen würde. Aber diese Hoffnung erfüllte sich nicht. Er hörte lediglich, wie die Tür hinter ihm geschlossen wurde.

Saskia Keller war nicht auf der Suche nach dem Sinn des Lebens. Aber sie war allem Neuen gegenüber durchaus aufgeschlossen. Vor etwa drei Wochen hatte sie einige Anhänger des *Neuen Lichts* getroffen. Die jungen Leute waren ihr zunächst durch ihre einheitlichen Halstücher aufgefallen. Sie standen auf der Löhrstraße, der Fußgängerzone in Koblenz. Ihr Stand bestand aus nicht mehr als einem aufgeklappten Tapeziertisch und einem Sonnenschirm.

Ein junger Mann schien ihr Interesse bemerkt zu haben und war auf sie zu gekommen. „Kommen Sie doch zu uns. Dieser Tag kann Ihr ganzes Leben verändern", hatte er freundlich lächelnd gesagt.

Es war weniger Interesse, sondern Neugier gewesen, was sie veranlasst hatte, seiner Aufforderung zu folgen.

„Wir sind doch alle auf der Suche nach uns selbst. Widersprechen Sie nicht, Ihnen geht es doch auch so. Hat Sie nicht Ihr ganzes Leben diese innere Unruhe begleitet, dass irgendetwas fehlt? Wir können nicht genau bestimmen, um was es sich da handelt. Es ist da, aber wir können es nicht fassen", hatte er gesagt und ihr eine Broschüre in die Hand gedrückt, auf deren Vorderseite ein dunkelhaariger Mann im Lotussitz abgebildet war, der ein goldenes Sonnensymbol um den Hals trug. „Bei uns finden Sie Antworten auf all ihre Fragen. Sie müssen es einfach nur zulassen."

Natürlich war ihr erster Impuls gewesen, dem jungen Mann freundlich zu danken und zu gehen. Die Broschüre konnte sie ja im nächsten Papierkorb entsorgen. Aber ihre Neugier war geweckt. Er hatte das alles mit einer Ruhe und inneren Überzeugung vorgetragen, dass für sie kein Zweifel daran bestanden hatte, dass er jedes Wort von dem glaubte, was er da erzählte. Selbstverständlich war sie weit davon entfernt gewesen, auch nur ein Wort von dem ernst zu nehmen. Aber sie hatte ihn nicht brüskieren wollen und weiter zugehört.

Das war vor etwa drei Wochen gewesen. Von da an besuchte sie den Stand dieser Leute regelmäßig. Schließlich folgte sie der Einladung in deren Zentrum. Sie konnte sich alles in Ruhe ansehen und auch in die verschiedenen Kurse hineinschnuppern, die dort angeboten wurden. Sie nahm an einer Stunde Tiefenmeditation teil, konzentrierte sich beim Schießen mit dem japanischen Langbogen oder entspannte in der modernen Sauna, die dem Zentrum angegliedert war. Es dauerte nicht lange, und sie gehörte einfach dazu, was schließlich auch dazu führte, dass sie einen finanziellen Beitrag leisten musste, der nicht unerheblich war. Nicht, dass man sie dazu gedrängt hätte, aber sie wollte es so. Nur dann, so glaubte sie, gehörte sie wirklich dazu. Sie hatte das Gefühl, dass sich das alles positiv auf sie auswirkte.

Lars Höbel war nicht wohl in seiner Haut, als er am Morgen die Dienststelle betrat. Anna sollte bereits heute mit ihrer neuen Arbeit beginnen, damit sie vorbereitet war, wenn am Wochenende die Gäste kamen. Der Gedanke daran ließ ihn nicht los. Einmal gelangte er zu der Überzeugung, seine Kollegen über den Alleingang seiner Freundin, oder konnte man schon ehemaligen Freundin sagen, zu informieren. Natürlich wäre das seine Pflicht gewesen. Aber andererseits stellte das auch einen Vertrauensbruch gegenüber Anna dar. Er fühlte sich wie Odysseus vor der Durchfahrt durch diese Meerenge, bei der auf jeder Seite ein Ungeheuer saß. Egal was er auch machte, es war immer falsch. Schließlich ging er den feigsten aller Wege. Er entschied, nichts zu entscheiden und die ganze Sache vor sich herzuschieben. Es war ihm schon klar, dass das nicht lange gut gehen konnte.

Wenn Ulla einen aktuellen Fall hatte, war sie immer frühzeitig im Büro. Ganz im Gegensatz zu Leyendecker, der morgens doch etwas schwerer in die Puschen kam. Höbel traf sie in ihrem Büro an. „Gibt es etwas Neues?", erkundigte er sich, als er ihr Zimmer betrat.

„Leider nein", antwortete sie. „Es ist zum Verzweifeln. Dieser Fall ist so schwammig, dass man nirgendwo einen Ansatzpunkt findet."

„Gehen wir noch einmal durch, wen oder was wir bisher haben", schlug er vor. „Da ist einmal dieser Guru Lemur. Ich glaube wir sind uns einig, dass der nicht koscher ist. Auf den ersten Blick scheint das unser Hauptverdächtiger zu sein."

„Da gebe ich Ihnen natürlich recht", bestätigte Ulla. „Aber wohl nur auf den ersten Blick. Ich kenne ihn ja nun schon länger. Für mich hat er nicht den Mumm, jemanden zu töten. Welchen Grund sollte er auch haben?"

„Vergessen wir nicht, dass Lisa Sommer versucht hat, ihn auszuspionieren. Vielleicht hat sie ja etwas herausgefunden, das ihn zu einer Verzweiflungstat getrieben hat. Aber es gibt noch eine weitere Möglichkeit. Hat man uns nicht immer erzählt, dass die meisten Tötungsdelikte Beziehungstaten sind? Vielleicht hatte er ein Verhältnis mit ihr. Da bieten sich viele Möglichkeiten. Eifersucht oder die Furcht, dass die Beziehung herauskommt. Oder die maßlose Enttäuschung, als er herausgefunden hat, dass sie ihn ausspioniert hat."

„Das könnte ich mir vielleicht sogar vorstellen", erwiderte Ulla nachdenklich. „Diese Erkenntnis hätte sehr an seinem Ego gekratzt, und das ist nun einmal sehr ausgeprägt. Zweifellos wäre er zutiefst verletzt gewesen. Trotzdem, er ist ein Sprücheklopfer. Das würde er sich nicht trauen. Ich glaube das nicht wirklich. Na ja, im Affekt ist natürlich vieles möglich."

„Was ist mit seiner Frau? Vielleicht hat sie die Beziehung herausgefunden. Eine eifersüchtige Frau ist zu allem fähig."

„Kann schon sein", bestätigte Ulla. „Aber wir haben keinen Anhaltspunkt für eine Affäre und damit schon gar nicht für eine eifersüchtige Ehefrau. Das sind zu viele Ungewissheiten."

„Da ist ja noch dieser Uhrviech. Nach allem was wir bisher von dem gehört haben, ist das ein eiskalter Gangster. Dem wäre doch am ehesten eine solche Tat zuzutrauen. Der hätte wohl keine Skrupel."

„Ganz richtig" pflichtete Ulla ihm bei. „Aber auch diese Leute bringen nicht wahllos Menschen um. Gerade die müssen ein massives Interesse haben, bevor sie eine solche Tat begehen oder in Auftrag geben. Die wägen sehr wohl ab, ob der Nutzen das Risiko rechtfertigt. Die Gefährdung der Rückzahlung eines simplen Darlehns rechtfertigt dieses Risiko jedenfalls nicht. Da müsste also schon weitaus mehr dahinter stecken."

„Da treten wir schon wieder auf der Stelle. Wir wissen nicht, ob und inwieweit Uhr sonst noch in den Fall involviert ist. Gerade das wäre aber immens wichtig."

„Aber er hat sich persönlich um den Fall gekümmert. Davon gehen wir mal aus. Wer sollte sonst in der Limousine gewesen sein. Das zeigt doch sein Interesse. Es steckt also mehr dahinter. Vielleicht müssen wir doch einen Stein ins Wasser werfen, damit Bewegung in den Fall kommt", sinnierte Ulla nachdenklich.

„An was denken Sie da?", hörte Höbel nach.

„Vielleicht müssen wir doch aus der Deckung kommen und diesem Handlanger, diesem Goran Nastasic, auf die Füße treten. Wir sollten ihm irgendwie zu verstehen geben, dass wir von der Verbindung Lemurs zu Uhr wissen. Wir müssen ihm ja nicht auf die Nase binden, dass wir derzeit nicht erkennen, welcher Art diese Verbindung ist. Mal sehen, wie er reagiert."

„Sollen wir ihn einmal einbestellen?", fragte Höbel.

Ulla schüttelte den Kopf. „Das machen wir auf eine andere Art. Er treibt sich doch vermutlich weiter um das Burggartenhotel herum. Karlchen soll ihn sich einmal zur Brust nehmen. Dem wird schon was einfallen."

„Jetzt haben wir fast alle durch, die irgendwie infrage kommen könnten", resümierte Höbel.

„Fast alle", erklärte Ulla. „Diesen seltsamen Reporter sollten wir nicht aus dem Auge lassen, auch wenn ich dem Jüngelchen einen Mord schon gar nicht zutraue. Was ist eigentlich mit dessen Blog? Hat er sich dort zum Tod Lisa Sommers geäußert, und was schreibt er über das *Neue Licht?"*

„Es ist eigenartig", erklärte Höbel. „Ich habe ständig nachgesehen. Er hält sich da extrem zurück, hat kein Wort über die Tote verloren, und auch vom *Neuen Licht* ist dort seitdem keine Rede mehr. Das ist schon seltsam, wo er doch so vehement dagegen vorgehen wollte. Man sollte doch annehmen, dass ihm ein Mord jede Menge

Aufmerksamkeit gebracht hätte, wodurch die Anzahl der Klicks auf seiner Internetseite deutlich gestiegen wäre. Das ist doch wohl der Sinn eines solchen Blogs."

„Das ist nun wirklich seltsam. Ich denke, ihn plagen vielleicht Gewissensbisse", vermutete Ulla.

Anna zögerte, den Klingelknopf zu drücken. Im letzten Moment schien sie der Mut zu verlassen. Was hatte sie sich nur dabei gedacht, eine solche Aktion zu starten? Wollte sie Höbel imponieren? Falls ja, war das gründlich schief gegangen. Seit sie ihm praktisch die Tür gewiesen hatte, wartete sie vergeblich auf eine Nachricht von ihm. Wofür machte sie das alles?

Dann meldete sich jedoch ihr Stolz. Wie würde sie vor dem jungen Polizeibeamten dastehen, wenn sie die ganze Aktion jetzt abblies? Vordergründig würde er sicher erleichtert sein, aber würde er nicht jeden Respekt vor ihr verlieren? Konnte er sie jemals wieder ernst nehmen? Nein, da musste sie jetzt durch. Sie richtete sich gerade auf, holte tief Luft und drückte den Klingelknopf.

Lucille Lemur öffnete die Tür. „Da sind Sie ja, Anna. Ich freue mich. Wir dürfen Sie doch Anna nennen?"

Anna nickte lediglich.

„Kommen Sie doch herein." Sie trat einen Schritt zu Seite. „Wir sind ja so froh, dass wir so schnell Ersatz für unsere Lisa gefunden haben. Eine schreckliche Sache ist das. Aber das Leben muss weitergehen. Eine schreckliche Plattitüde, ich weiß, aber es stimmt doch. Warten Sie, ich stelle Ihnen meinen Mann vor. Den haben Sie ja bisher nicht kennengelernt."

Sie eilte davon um nach kurzer Zeit mit einem hochgewachsenen, dunkelhaarigen Mann zurückzukommen. Irgendetwas ging von diesem Mann aus. Anna konnte nicht definieren, was das denn nun war, aber sie konnte sich dem nicht entziehen. Dieser Eindruck verstärkte sich noch, als er ihr die Hand reichte und gerade in die Augen sah. Ihre Anspannung legte sich erst, als er sich wieder verabschiedet hatte.

„Kommen Sie mit. Ich werde Ihnen Ihr Zimmer zeigen. Sie wohnen zwar hier in Hachenburg, da benötigen Sie das Zimmer ja nicht wirklich, aber es ist doch sicher angenehm für Sie, wenn Sie sich hier und da einmal kurzfristig zurückziehen können", bemerkte die Hausherrin.

„Das ist mir durchaus recht", bestätigte Anna und folgte ihr über die Treppe nach oben.

Lucille Lemur schloss auf und übergab ihr den Schlüssel. „Richten Sie sich erst einmal in Ruhe ein. Wenn Sie dann so weit sind, kommen Sie nach unten und ich werde Ihnen alles Weitere zeigen."

Anna zog die Tür hinter sich zu und blieb erst einmal in der Mitte des Zimmers stehen. Sie verzichtete darauf, das Licht einzuschalten, sondern ließ den Raum auf sich wirken. Der lag im Halbdunkel. Lediglich durch die Ritze des Rollladens fiel etwas Licht. Sie stellte ihre Sporttasche auf den Boden, in der sie ein paar Habseligkeiten mit sich führte. Es waren nicht viele. Sie konnte ja jederzeit nach Hause gehen und weitere Sachen holen. Sie sah sich um. Hier in diesem relativ kargen Zimmer hatte die junge Frau also zuletzt gelebt. Ein komisches Gefühl war das für Anna schon, aber mehr war da nicht. Irgendwie war sie enttäuscht. Sie spürte rein gar nichts. Hatte sie wirklich geglaubt, in irgendeiner Form Verbindung mit der Toten aufnehmen zu können? Aber nichts erinnerte an Lisa Sommer. Es war ein Raum wie jeder andere. Sie ging zum Fenster und zog den Rollladen hoch. Danach setzte sie sich auf das Bett. Je mehr sie nachdachte, desto absurder erschien ihr ihre Handlungsweise. Aber jetzt gab es kein Zurück mehr. Sie ging nach nebenan in das kleine Duschbad und spritzte sich kaltes Wasser ins Gesicht. Sie war bereit. Es konnte losgehen.

Es gibt Leute, die bezeichnen die Altstadt von Koblenz als den Ballermann des Mittelrheins. Tatsache ist, dass sich das Stadtgebiet in der Nähe des Peter-Altmeier-Ufers mit seinen zahlreichen Kneipen in den letzten Jahren bei Einheimischen und Besuchern immer größerer Beleibtheit erfreut. Sehr zum Leidwesen einiger Anwohner, die sich, insbesondere nach dem Wegfall der

Sperrstunde, über permanente Lärmbelästigungen beklagen.

Saskia Keller war das egal. Auch wenn sie sich seit Kurzem dem *Neuen Licht* angeschlossen hatte, blieb sie immer noch eine fröhliche junge Frau, die nichts gegen einen abendlichen Kneipenbummel einzuwenden hatte. Da bot sich der Besuch der schmalen Gassen im Herzen von Koblenz geradezu an. Es war noch früh im Jahr. Der Hauptansturm der Gäste war hauptsächlich in den Sommermonaten. Trotzdem herrschte auch jetzt schon lebhaftes Treiben. Die einzelnen Grüppchen streiften durch die engen Straßen. Aus den Gaststätten drang Musik jedweder Art. Durch die beleuchteten Fenster war zu erkennen, dass sie bereits gut besucht waren, denn insbesondere die Einheimischen hatten schon ihre Plätze eingenommen.

Saskia war noch unschlüssig, wo sie heute Abend ihr Domizil aufschlagen sollte. Ihre Mitbewohnerin hatte ihr erzählt, dass sie heute mit ihrem Freund den Irish Pub aufsuchen wolle und vorgeschlagen, sie solle doch einfach mitkommen. Aber Saskia wollte die beiden nicht stören und war allein losgezogen. Es war ja durchaus möglich, dass man sich diesen Abend noch irgendwo begegnete.

Sie hatte keine Eile. Die Luft war für diese frühe Jahreszeit durchaus mild, und es war angenehm, durch die Gassen zu spazieren und dem Treiben zuzusehen.

Dann sah sie den jungen Mann, durch dessen Ansprache sie zu den Leuten vom *Neuen Licht* gekommen war. Er trug das goldene Halstuch mit dem Sonnenemblem und hielt einige Schriftstücke in der Hand. Es bestand kein Zweifel, dass es sich dabei um Broschüren des *Neuen Lichts* handelte. In der Tasche, die er mit sich führte, vermutete sie weiter Exemplare, vielleicht auch einige Bücher des Meisters. Sie war verwundert, denn bisher hatte sie angenommen, dass die Schriften lediglich in der Fußgängerzone verbreitet wurden. Sollte sie hingehen und den jungen Mann einfach fragen? Doch dann zögerte sie. Man hatte ihnen eingeschärft, die privaten Kontakte untereinander auf ein Minimum zu beschränken. Die Begegnungen sollten in erster Linie im Zentrum stattfinden. Man wollte so einer Cliquenbildung entgegenwirken.

Sie sah, dass er in der Rockbar Florinsmarkt verschwand, die in der Burgstraße lag. Sie wollte ihren Weg schon fortsetzen, aber da kam er auch schon wieder heraus. In seiner Begleitung waren zwei junge Mädchen, mit denen er sich in eine dunkle Ecke zurückzog. Sie konnte nicht genau erkennen, was da vor sich ging. Irgendetwas schien er den jungen Frauen auszuhändigen, die sich dann auch wieder verabschiedeten und in die Bar zurückkehrten. Danach setzte er seinen Weg weiter fort.

Nun war Saskias Aufmerksamkeit geweckt. Das war seltsam. Die Broschüren hätte er den beiden doch in der Bar übergeben können. Selbst wenn er ihnen das Buch Lemurs verkauft hätte, musste er sie dafür doch nicht nach draußen bitten.

Als er weiterging, wartete sie, bis zwischen ihm und ihr eine Distanz von etwa fünfzig Metern lag, bevor Sie ihm folgte. Sie hielt sich dabei vorwiegend am Rande der schmalen Gassen auf, um sich schnell in einem Hauseingang oder hinter einem Gebäudevorsprung in Deckung bringen zu können, sofern er sich umdrehte. Aber das tat er nicht. Er schien feste Ziele zu haben.

Was sie damit bezweckte, war ihr nicht wirklich klar. Für sie ging es in erster Linie darum, ihre Neugier zu befriedigen. Außerdem war es doch ein spannendes Spiel, eine angenehme Abwechslung.

Das gleiche Prozedere wie in der Rockbar wiederholte sich in zahlreichen Kneipen, ohne dass sie erkennen konnte, was wirklich vor sich ging. Ihre Neugier wurde immer stärker, sodass sie unvorsichtig wurde und die Entfernung zu ihm stetig verkürzte.

Vor dem Irish Pub in der Burgstraße herrschte etwas Gedränge, weil gleichzeitig zwei Besuchergruppen ankamen. Jedenfalls hatte sie ihn kurzfristig aus den Augen verloren. War er nun hineingegangen? Vermutlich schon. Sie entschloss sich, einfach zu warten. Er war ja immer wieder bald nach draußen gekommen. Es wäre auch nicht weiter tragisch gewesen, wenn sie ihn endgültig aus den Augen verloren hätte. Dann war das Spiel hier zu Ende, und vielleicht konnte sie es an einem anderen Tag wiederholen. Denn mehr als ein Spiel war es für sie nicht.

Plötzlich spürte sie eine Hand auf ihrer Schulter. Sie drehte sich um und stand ihm direkt gegenüber.

„Was fällt dir ein? Warum verfolgst du mich? Was hast du gesehen?", fragte er zornig.

Sie versuchte eine Antwort zu stammeln, aber da traf sie schon der Faustschlag, und alles um sie herum wurde schwarz.

Saskia Keller öffnete die Augen. Nur um sie gleich darauf wieder zu schließen. Sie brannten höllisch, und bunte, grelle Lichter tanzten davor und machten ihr Angst.

Wie aus weiter Ferne hörte sie eine Stimme. Sie gehörte demjenigen, der sie niedergeschlagen hatte. „Steh auf, wir müssen weiter!", forderte er sie auf und versuchte, sie hoch zu zerren.

Unwillig schüttelte sie den Kopf. „Ich kann nicht", probierte sie zu sagen, aber es kam nur ein heißeres Krächzen aus ihrem Mund.

Er fasste sie am Arm und versuchte erneut, sie aufzuheben, doch sie ließ sich kraftlos nach hinten sinken. Einfach nur hier liegen bleiben, dachte sie.

„Wir müssen weiter!", sagte er eindringlich. Diesmal waren seine Worte schärfer und befehlender.

Sie spürte, wie er sie unter beide Achseln griff und nach oben hob. Sie machte aber keinerlei Anstrengungen, ihn dabei zu unterstützen. Schlaff hing sie in seinen Armen. „Komm schon!", befahl er, „lass dich nicht so hängen, hilf etwas mit!"

Selbst wenn sie gewollt hätte, die Beine hätten ihren Dienst versagt. Aber sie wollte einfach nur Ruhe. „Mach wenigstens die Augen auf!", befahl er.

Er musste sehr stark sein, denn sie merkte, wie sie sich fortbewegten. Ob er sie nun trug oder schleifte, konnte sie nicht sagen. Sie öffnete die Augen. Die bunten Lichter waren immer noch da, aber sie sah durch sie hindurch. Sie befanden sich auf einer belebten Straße. Die Gegend kam ihr bekannt vor. Ja, das war die Altstadt von Koblenz. Passanten eilten fröhlich lachend an ihnen vorüber, nahmen jedoch keine Notiz von den beiden. „Ich brauche Hilfe", wollte sie ihnen zurufen, aber niemand beachtete sie.

Sie befanden sich mitten in einer lärmenden Menschentraube. „Sie hat etwas zu viel getrunken", hörte sie ihn sagen.

„In ein paar Stunden geht es uns sicher ganz genauso", antwortete jemand.

Keuchend zog er sie weiter. Sie versuchte, all ihre Kräfte zu mobilisieren, um von ihm loszukommen. Aber sie war völlig machtlos. Sie wusste nicht, wie lange es dauerte, bis er sie schließlich an ein Auto lehnte, an dem sie langsam niedersank. Sie nahm wahr, dass er eine Tür öffnete und sie dann auf den Rücksitz des Fahrzeuges zerrte und die Tür schloss.

Dann merkte sie, dass sie losfuhren. Krampfhaft versuchte sie, irgendwie zu erkennen, wohin sie fuhren, sich an den vorbeifliegenden Gebäuden zu orientieren. Alles verschwamm vor ihren Augen. Aber das war zwecklos. Schließlich verließen sie die Stadt. Die Häuser wurden niedriger und seltener. Das war aber auch alles, was sie erkennen konnte. Schließlich stoppte der Wagen.

„Wo sind wir hier?", versuchte sie zu sagen, aber ihre Stimme versagte ihren Dienst noch immer.

Mühsam hievte er sie aus dem Fahrzeug. „Lass dich doch nicht so hängen!", knurrte er erneut.

Sie hatte das Gefühl, dass er sie über eine steinerne Treppe nach unten zerrte. Dort befand sich eine schwere eisenbeschlagene Tür. Sie hörte, wie der Schlüssel sich im Schloss drehte und die Tür knirschend aufsprang. Nachdem er einen Lichtschalter betätigt hatte, zog er sie hinein. Eine einsame Glühbirne, die an der Decke hing, spendete spärliches Licht.

Sie sank auf den kühlen Steinboden, als er sie losließ. An der Wand lehnte so etwas wie eine Klappliege, die er aufstellte. Ein paar Decken waren wohl auch noch da, die er auf die Liege warf. Er hob sie hoch und bettete sie darauf. Wortlos drehte er sich um und ging.

Das Licht ging aus, und die Tür schlug zu. Sie hörte, wie der Schlüssel umgedreht wurde. Dann war sie allein.

Anna hatte sich das alles einfacher vorgestellt. Zunächst hatte sie die Gäste beim Frühstück bedient. Das war noch leicht gewesen, denn das Frühstück wurde als Buffet gereicht. Sie musste lediglich das gebrauchte Geschirr abräumen und Kaffee nachschenken. Es verwunderte sie, dass bei diesem Personenkreis so ein üppiges Frühstück angeboten wurde. Sie hatte erwartet, dass lediglich gesunde Produkte gereicht würden. Aber sie sah sich getäuscht. Sie waren weder ayurvedisch, vegan oder glutenfrei. Es fehlte nicht an Marmelade, Wurst, Käse Speck und Eiern. Es standen zwar die Utensilien für die Zubereitung von den heute so beliebten Smoothies und verschiedene Obstkörbe zur Verfügung, aber davon wurde kaum Gebrauch gemacht.

Nach dem Frühstück versammelten sich die etwa zwanzig Teilnehmer in einem Raum, der lediglich mit einigen Matten ausgestattete war. Anna vermutete, dass hier meditiert wurde. Vielleicht nahmen sie auch an einer gemeinsamen Yogastunde teil.

Ihre Aufgabe bestand nun darin, die Zimmer der Gäste, von denen einige bereits am Vortag angereist waren, in Ordnung zu bringen. War sie vorher noch der Meinung gewesen, dass dies nun wirklich kein Problem wäre, stieß sie sehr bald an ihre Grenzen. Hier rächte sich, dass in ihrem eigenen Zimmer oft das reinste Chaos herrschte. Dieses Chaos fand sie in einigen der Zimmer wieder. Sie hatte zwar keine besondere Zeitvorgabe, aber sie konnte sich denken, dass ihr hierfür nicht der ganze Tag zur Verfügung stand. Bereits nach dem dritten Raum standen ihr die Schweißperlen auf der Stirn, und sie bereute ihr Unterfangen ein weiteres Mal.

Doch mit der Zeit ging ihr die Arbeit leichter von der Hand, auch wenn ihr Rücken höllisch schmerzte. Gegen Mittag war sie dann fertig, und sie war froh, dass sie sich eine halbe Stunde auf ihrem Bett ausstrecken konnte.

Doch sie konnte nicht lange ruhig liegen bleiben. Eine innere Unruhe erfasste sie, und sie dachte an den eigentlichen Grund für ihr Hiersein. Im Haus war es still. Offenbar waren die Teilnehmer und der Hausherr immer noch beschäftigt. Auch von Frau Lemur war nichts zu sehen. Da wäre es doch an der Zeit, einige Nachforschungen anzustellen.

Wo sollte sie anfangen? Nach kurzer Überlegung kam sie zu dem Schluss, dass Lemurs Büro ein guter Anfang sei. Vermutlich war es abgeschlossen, aber sie konnte ja mit ihrem Schlüssel die Zimmer der Gäste aufschließen. Wenn sie Glück hatte, passte der da auch. Kurz entschlossen packte sie ihre Putzutensilien und machte sich auf den Weg.

Bevor sie den Schlüssel ins Schloss steckte, lauschte sie noch einmal angestrengt. Nichts rührte sich. Der Schlüssel passte, und sie betrat hastig den Raum, schloss leise die Tür und schaute sich um. Das Büro war überschaubar. Die wenigen Ordner hatte sie schnell überflogen, konnte jedoch keine interessanten Erkenntnisse gewinnen. Der Schreibtisch war verschlossen. Die Schlüssel hierfür konnte sie bei ihrer hastigen Suche nicht finden. Sie entschied sich, ihr Glück mit dem auf dem Schreibtisch stehenden Laptop zu versuchen und setzte sich in den Schreibtischsessel. Aber wie sie bereits befürchtet hatte, war der passwortgeschützt. Sie versuchte auf gut Glück die 123456, aber hatte keinen Erfolg.

Sie schrak auf, weil sie plötzlich Schritte hörte, die näher kamen. In dem Büro war keine Möglichkeit, sich zu verstecken. Was sollte Sie jetzt tun? Sie hoffte inständig, dass die Person vorbeiging. Aber diese Hoffnung wurde nicht bestätigt. Die Schritte machten vor dem Büro halt. Dann hörte sie, wie der Schlüssel ins Schloss gesteckt wurde. Hastig schaltete sie den Computer aus und sprang auf. Sie konnte gerade noch nach Eimer und Putzlappen greifen, da betrat Lemur bereits das Zimmer und sah sie erstaunt an.

„Ich hatte mich schon gewundert, dass die Tür nicht abgeschlossen war", sagte er. „Was machen Sie hier? Hat Ihnen meine Frau nicht gesagt, dass die Reinigung des Büros nicht zu ihren Aufgaben gehört?"

Anna merkte, wie sie rot anlief. „Verzeihen Sie", stammelte sie, „Aber ich …"

„Schon gut", er winkte ab, „ich weiß Ihren Eifer zu schätzen, aber merken Sie sich das für die Zukunft.

„Selbstverständlich, Herr Lemur." Mit gesenktem Kopf eilte sie nach draußen.

Sie rannte die Treppe hinauf in ihr Zimmer. Hastig schloss sie die Tür auf und warf sich auf das Bett. Sie zitterte am ganzen Leib. Das hätte auch schiefgehen können. Ihr fehlte doch wohl die notwendige Kaltschnäuzigkeit für ein solches Vorhaben.

Höbels Handy klingelte.

„Hallo Herr Kollege", meldete sich sein Vorgesetzter. „Wie läuft es in dem beschaulichen Hachenburg? Kommen Sie gut voran?"

Höbel erschrak. Warum rief man ihn am Wochenende an? Hatte man in Koblenz etwas von Annas Alleingang mitbekommen? „Kann man nicht gerade sagen, Herr Schultz", antwortete er vorsichtig. „Eine Menge Spuren. Aber keine ist wirklich heiß."

„Wird schon, manchmal erfordert ein solcher Fall Geduld", versuchte er ihn aufzumuntern. „Aber deshalb rufe ich Sie nicht an. Wir haben einen Vermisstenfall. Eine junge Frau wird seit Freitag vermisst."

Höbel war erleichtert, gleichzeitig wunderte er sich. Vermutlich gab es dafür eine ganz normale Erklärung. Junge Leute verschwinden öfter einmal für ein paar Tage. Das kam durchaus häufiger vor. Kein Grund, jetzt bereits zu ermitteln. Vor allem fragte er sich, warum ihn sein Vorgesetzter deshalb anrief. Was hatte er mit dem Fall zu tun? Sollte er deshalb zurück nach Koblenz kommen? „Ich verstehe nicht so recht", hörte er deshalb nach.

„Klar, Sie wundern sich, weshalb ich Sie deshalb anrufe. Vermutlich hat das alles nichts zu bedeuten. Wir hätten viel zu tun, wenn wir nach den ganzen jungen Leuten suchen würden, die ein paar Tage verschwunden sind. Aber dieser Fall hat eine Besonderheit. Laut ihrer Mitbewohnerin hat sie in letzter Zeit häufig mit dieser Sekte, dem *Neuen Licht,* zu tun gehabt. Die spielt doch auch in Ihrem Fall eine Rolle. Ich dachte, das könnte Sie interessieren."

Höbel wurde hellhörig. „Vermutlich haben Sie recht, und das ist reiner Zufall, aber darauf sollte man sich nicht verlassen. Überprüfen sollte man das trotzdem."

„Vielleicht sollten Sie mit der Mitbewohnerin reden. Ich gebe Ihnen die Handynummer."

„Das mache ich gleich Montagmorgen. Hier ist im Augenblick ohnehin alles etwas festgefahren. Ich bin bereit. Geben sie bitte die Nummer durch."

Kapitel 7

Seit Lemur sie im Büro erwischt hatte, kamen Anna immer mehr Zweifel an ihrem Unterfangen. Sie beschränkte sich zunächst auf die Aufgaben, für die man sie eingestellt hatte. Am Morgen hatte sie wiederum beim Frühstück geholfen, um sich danach wieder den Zimmern der Besucher zu widmen. Etwas besser ging ihr die Arbeit schon von der Hand. Aber sie konnte sich durchaus eine leichtere Tätigkeit, bei der sie mehr Geld verdient hätte, vorstellen.

Am Nachmittag war eine Meditation in der Kirchenruine Roßbach geplant. Anna war einmal dort gewesen. Die Reste dieses Bauwerkes hatten nach wie vor noch ihren Reiz. Nach ihren Informationen war Eigentümerin die Evangelische Kirchengemeinde. Besucher waren dort immer willkommen. Sie fragte sich allerdings, ob die Vertreter der Eigentümerin damit einverstanden waren, dass irgendwelche Pseudoreligionen das Gebäude für ihre Zwecke nutzten. Vermutlich wussten die nichts davon. Aber das konnte ihr egal sein. Wenn sie mit den Zimmern fertig war, hatte sie Freizeit.

Dann ereignete sich doch noch etwas, was ihr merkwürdig vorkam. Der Mann, der mit einem dunklen SUV vorfuhr, passte so gar nicht zu den übrigen Teilnehmern. Er war ihr unheimlich.

Irgendetwas ging von ihm aus, das Anna Furcht einflößte.

Sowohl Lemur als auch die anderen schienen durchaus Respekt vor ihm zu haben, und irgendwie kam es ihr so vor, dass er so etwas wie der Chef war, obwohl das doch Lemur hätte sein sollen. Jedenfalls stellte der dem Neuankömmling bereitwillig sein Büro zur Verfügung, in dem er nach und nach die Teilnehmer des Seminars empfing.

Anna konnte sich keinen Reim darauf machen. Als der Mann kurz auf den Flur trat, zog sie heimlich ihr Handy aus der Tasche und machte ein Foto von dem Fremden.

Irgendetwas schien der jedoch gemerkt zu haben, denn er kam auf sie zu. „Darf ich fragen, wer Sie sind, junge Frau, und was Sie hier machen?"

Obwohl der Ton durchaus freundlich gehalten war, schwang irgendwie eine Bedrohung in den Worten mit. Anna war in diesem Augenblick völlig verunsichert, dass sie im Moment keine Antwort geben konnte.

Zum Glück wurde sie von Lucille Lemur gerettet, die in dem Augenblick hinzukam. „Das ist unsere neue Hilfe", erläuterte sie. „Wir sind sehr froh, dass wir so schnell Ersatz für Lisa finden konnten."

Anscheinend schien diese Erklärung den Fremden zufriedenzustellen, denn er ging wortlos zurück ins Büro.

Trotzdem hatte diese Begebenheit weiter Annas Nervenkostüm erschüttert. Irgendwie musste sie ihre Nerven in Zaum bekommen, oder sie blies die ganze Sache ab.

Die Professorin unterbrach ihren Vortrag, als der Handyton erklang, und verzog verärgert das Gesicht. „Es sollte sich doch allmählich herumgesprochen haben, dass die Handys während der Vorlesung auszuschalten sind. Die Welt geht nicht unter, wenn Sie mal eine Stunde nicht erreichbar sind."

Gabi Stern war selbst erschrocken. Sie hatte ganz vergessen, dass sie ihr Handy mit Absicht eingeschaltet gelassen hatte. „Verzeihen Sie, Frau Professor", bat sie. „Das könnte die Polizei sein. Vermutlich ist das wichtig."

„Was Sie mit der Polizei zu tun haben, Frau Stern, interessiert uns nur am Rande. Nehmen Sie wenigstens soviel Rücksicht, und führen Sie das Gespräch draußen weiter."

Gabi beeilte sich, nach draußen zu kommen.

„Habe ich Ihnen Schwierigkeiten bereitet?", erkundigte sich der Anrufer. „Das wollte ich nicht. Mein Name ist Lars Höbel, Kriminalpolizei. Sie haben Ihre Mitbewohnerin vermisst gemeldet. Ich hätte gerne mit Ihnen darüber gesprochen."

Gabi Stern sah auf die Uhr. „Die Vorlesung ist ohnehin gleich zu Ende. Da lohnt es sich nicht, noch einmal hineinzugehen. Dann habe ich ein paar Stunden frei. Wir könnten uns also jetzt treffen."

„Ich bin hier in Hachenburg und werde daher etwas Zeit brauchen", erklärte der Anrufer. „Aber so in einer Stunde könnte ich in Koblenz sein. Sie haben zu Protokoll gegeben, dass ihre Freundin an dem betreffenden Abend die Altstadt von Koblenz aufsuchen wollte. Das ist doch eine angenehme Umgebung. Das Wetter ist gut. Warum treffen wir uns nicht einfach da?"

„Das passt mir gut. Da kann ich vorher noch ein paar Einkäufe erledigen. Sie kennen sich in Koblenz aus?"

„Ich denke schon."

„Dann treffen wir uns auf dem Jesuitenplatz. Gleich bei dem Johannes-Müller-Denkmal. Da können wir uns kaum verfehlen."

„Einverstanden. Ich mache mich gleich auf den Weg. Bis nachher."

Lars Höbel hatte den Treffpunkt etwas früher erreicht. Die junge Frau hatte am Telefon sehr sympathisch geklungen. Aber darauf kam es ja nicht an. Viel Fortschritte im Fall der ermordeten Lisa Sommer versprach er sich ja nicht von der Begegnung. Ohnehin war alles schwierig und verworren. Er war in Gedanken versunken, als er hinter sich Schritte von Stiefeln hörte, die auf dem Pflaster klapperten. Er sah sich um. Das, was er sah, war durchaus ein erfreulicher Anblick. Die junge Frau war etwa eins siebzig groß, hatte lange blonde Haare und große blaue Augen. Bekleidet war sie mit einer kurzen Lederjacke, den obligatorischen Jeans und braunen Lederstiefeln. Mit ihrem strahlenden Lächeln war sie Höbel gleich sympathisch.

„Sie müssen Herr Höbel sein", sagte sie, als sie auf ihn zukam. „Was für eine angenehme Überraschung. Ich hatte mich auf einen griesgrämigen Polzisten eingestellt."

Höbel reichte ihr die Hand. „Ich bin nicht überrascht. So ähnlich hatte ich mir Sie vorgestellt, als wir miteinander telefoniert haben. Mich wundert nur, dass wir uns noch nicht begegnet sind. Jemand wie Sie wäre mir doch mit Sicherheit aufgefallen."

„Sind Sie öfter in Koblenz?", erkundigte Sie sich.

Zuerst stutzte er, aber dann verstand er. „Sie fragen, weil ich gerade von Hachenburg komme. In Wirklichkeit wohne und arbeite ich hier in Koblenz. Aber wir haben verschiedene Einsatzorte. Je nachdem, wo wir gebraucht werden. Dort drüben ist ein Café. Ich glaube, dort können wir in Ruhe reden."

Höbel wartete, bis die Kellnerin den Espresso und den Cappuccino gebracht hatte. „Wie war das nun, als Ihre Mitbewohnerin verschwunden ist. Wann haben Sie sie vermisst?"

„Am nächsten Morgen. Aber da habe ich mir noch nichts dabei gedacht."

„Erzählen Sie doch einfach von Anfang an", schlug er vor.

„Das war so. Wir hatten beide die Absicht, an diesem Abend auszugehen. Ich war mit meinem Freund im Irish Pub verabredet und habe ihr vorgeschlagen, doch einfach mitzukommen. Das hat sie aber abgelehnt. Vermutlich wollte sie uns nicht stören. Sie hat gesagt, dass wir uns vielleicht später noch sehen würden."

„Und, haben Sie das?", erkundigte er sich.

„Nein, haben wir nicht. Ich bin auch nicht lange geblieben, weil ich mich mit meinem Freund gestritten habe. Der Blödmann kann mir gestohlen bleiben."

Irgendwie erfreut registrierte Höbel, dass sie offenbar wieder solo war. Für einen kurzen Moment tauchte Anna vor seinem geistigen Auge auf, und er hatte so etwas wie ein schlechtes Gewissen. Aber das war schnell vorbei. „Wie ging es dann weiter? Was haben Sie dann gemacht?", erkundigte er sich.

Sie machte eine ärgerliche Handbewegung. „Durch den Streit war mir der ganze Abend verdorben. Ich bin dann nach Hause, habe mir noch eine Flasche Wein geöffnet und etwas ferngesehen. Um etwa ein Uhr bin ich dann zu Bett."

„Sie hat sich nicht mehr gemeldet? Keine Nachricht auf Ihr Handy?"

„Da war nichts. Als ich am Morgen aufgewacht bin, war sie nicht da. Ich habe mir keine weiteren Gedanken gemacht. Am Nachmittag habe ich versucht, sie anzurufen, aber ihr Handy war aus."

„Wissen Sie, ob sie an dem Abend noch in den Pub gekommen ist? Hat ihr Freund etwas erwähnt?

„Exfreund", erwiderte sie verächtlich. „Ich habe seitdem nicht mehr mit ihm gesprochen und habe auch nicht die Absicht. Er hat ein paar Mal angerufen, aber ich habe ihn immer weggedrückt."

„Wir werden ihn auch fragen müssen."

„Wie Sie meinen. Das ist Ihre Sache. Ich will jedenfalls nichts mehr mit ihm zu tun haben." Sie zog einen Kugelschreiber und einen kleinen Block aus der Handtasche, schrieb einen Namen nebst Telefonnummer und Adresse darauf und gab Höbel das Blatt. „Hier kannst du ihn erreichen. Aber sei bitte vorsichtig, er ist gewalttätig."

Höbel überhörte geflissentlich, dass sie ihn geduzt hatte. Er führte eine offizielle Befragung durch, und da war das formellere Sie doch angebracht. „Das war also alles? Denken Sie noch einmal nach. Vielleicht fällt Ihnen sonst noch etwas ein. Hatte sie vor irgendetwas Angst?"

Sie schüttelte die langen blonden Haare. „Ich würde Ihnen gerne mehr sagen. Aber das war alles."

„Etwas anderes, Sie erwähnten bei der Vermisstenmeldung eine Gruppe, die sich *Neues Licht* nennt. Was hat es damit auf sich? Glauben

Sie, dass die etwas mit dem Verschwinden zu tun haben könnten?"

„Dazu habe ich keinen Anlass. Saskia ist in der Fußgängerzone auf die gestoßen. Die hatten da wohl einen Stand. Das muss vor drei oder vier Wochen gewesen sein. Ich hatte den Eindruck, dass mit der Zeit der Kontakt immer intensiver wurde. Sie hat mir vorgeschlagen, doch auch einmal mitzukommen. Aber das ist nichts für mich. Solche Leute sind mir irgendwie suspekt. Das habe ich ihr auch gesagt."

„Hat sie sich seitdem verändert?"

Gabi Stern dachte einen kurzen Moment nach. „Vielleicht ist sie etwas lockerer geworden, aber wirklich verändert hat sie sich nicht. Irgendwie schienen die ihr gut zu tun."

Höbel winkte die Bedienung herbei. „Bitte zahlen."

Sie kramte in ihrer Tasche nach der Geldbörse, aber er hob abwehrend die Hand. „Das läuft über Spesen. Das bezahlt das Land Rheinland-Pfalz. Ich möchte mich herzlich bei Ihnen für die Auskünfte bedanken. Hoffentlich klärt sich der Fall bald auf. Meistens stellt sich so etwas als völlig harmlos heraus. Es hat mich gefreut. Vielleicht sieht man sich mal wieder."

„Ich würde mich freuen", antwortete sie mit einem strahlenden Lächeln. „Meine Telefonnummer haben Sie ja. Sie können mich jederzeit anrufen. Darf ich fragen, was Sie jetzt vorhaben? Wollen Sie heute noch mehr Leute befragen?

Oder fahren Sie gleich wieder nach Hachen-burg?"

„Dürfen Sie. Ich sehe mal nach, ob ich im Pub jemand antreffe. Vielleicht erfahre ich dort noch etwas."

„Da könnte ich doch mitkommen", schlug sie vor.

Höbel überlegte. Eigentlich war es ja nicht üblich, Außenstehende zu beteiligen. Anderer-seits fühlte er sich wohl in Begleitung der jungen Frau.

„Ich habe ein Foto von Saskia und mir", er-klärte sie, als sie sein Zögern bemerkte. „Das könnte doch hilfreich sein."

Natürlich befand sich bei den gespeicherten Unterlagen, die Höbel jederzeit über sein Handy einsehen konnte, ebenfalls ein Foto. Aber das sagte er der jungen Frau nicht. „Also gut, das ist vielleicht wirklich hilfreich. Kommen Sie mit", erklärte er sich einverstanden.

Bis zu dem Irish Pub waren es zu Fuß nur weni-ge Minuten. Natürlich war der noch nicht geöff-net. Drinnen brannte Licht. Höbel klopfte. Nach kurzer Zeit erschien eine südländisch aussehende Frau, die die Tür einen Spaltbreit öffnete. Sie führte einen Eimer und einen Schrubber mit sich. Höbel zeigte ihr seinen Polizeiausweis.

„Ich will nichts mit der Polizei zu tun haben", erklärte sie theatralisch. „Meine Papiere sind in Ordnung."

„Es geht nicht um Ihre Papiere, keine Sorge", beruhigte er. „Wir suchen eine junge Frau, die seit Freitagabend verschwunden ist."

„Da kann ich Ihnen nicht helfen. Ich bin immer nur morgens da. Soll ich den Chef rufen?"

„Das wäre nicht schlecht. Wenn das keine größeren Probleme bereitet."

„Ich denke nicht. Der Chef wohnt oben." Mit diesen Worten schloss sie die Tür und ließ die beiden stehen.

Höbel sah Gabi Stern lächelnd an und schüttelte den Kopf. Aber nach etwa fünf Minuten ging die Tür erneut auf, und ein Mann, Mitte fünfzig, mit etwas schütterem Haar und Bart öffnete. Er trug eine grüne ärmellose Weste und wirkte noch recht verschlafen. „Kommen Sie herein", bat er. „Wie ich höre, sind Sie von der Polizei?"

„Ich bin von der Polizei", erklärte Höbel und zeigte seinen Ausweis. „Frau Stern begleitet mich."

„Waren Sie nicht kürzlich bei uns?", erkundigte sich der Wirt bei Gabi Stern.

„Genau darum geht es", antwortete sie und holte ihr Handy aus der Tasche.

Höbel wollte ihr dann doch nicht so ohne Weiteres die Gesprächsführung überlassen. „Es geht um eine junge Frau. Ihr Name ist Saskia Keller. Sie ist seit Freitag verschwunden. Es ist nur eine Möglichkeit. Aber vielleicht war sie an dem Abend noch hier."

„Wollen wir uns nicht setzen?", schlug der Wirt vor und deutete auf einen dunklen Holztisch und drei Stühle mit Armlehnen, die ebenfalls aus dunklem Holz waren.

„Gerne", antwortete Höbel und ließ sich nieder, nachdem Gabi Stern sich gesetzt hatte. Die Stühle waren genauso ungemütlich, wie sie aussahen, aber vermutlich standen die Besucher des Pubs ohnehin die meiste Zeit, sodass das keine Rolle spielte.

„Kann ich Ihnen etwas anbieten?", erkundigte sich der Wirt. „Guiness geht leider nicht, die Leitungen sind gereinigt. Angezapft wird erst heute Abend wieder. Einen Kaffee vielleicht?"

„Den hatten wir gerade." Höbel winkte ab, „aber vielen Dank für das Angebot."

Gabi schüttelte ebenfalls den Kopf.

„Was kann ich denn nun für Sie tun?", erkundigte sich der Wirt und ließ sich auch am Tisch nieder.

Nun war es an Gabi Stern, ihr Handy erneut hervorzuholen. „Das sind meine Freundin und ich."

„Die junge Frau wird seit Freitag vermisst. War sie vielleicht an dem Abend hier?", ergänzte Höbel.

Der Wirt dachte kurz nach. „Sie waren doch mit diesem jungen Mann hier", erklärte er an Gabi Stern gewandt. „Sie sind aber früh gegangen. Der junge Mann ist geblieben. Er hatte wohl ein paar Whisky zu viel und hat herumgestänkert. Ich musste ihn auffordern zu gehen. Das war so gegen eins."

„Und die junge Dame, war die am Freitag hier?"

„Ich kenne sie. Sie besucht uns gelegentlich. Aber am Freitag, ich glaube nicht. Aber später war recht viel Betrieb. Kann sein, dass sie mal kurz reingeschaut hat. Aber falls ja, ist sie nicht lange geblieben."

„Wie ich sehe, haben Sie Überwachungskameras", stellte Höbel fest. „Kann man die Aufnahmen vom Freitag ansehen?"

„Bedaure, die werden alle vierundzwanzig Stunden überspielt."

„Ich sende Ihnen das Foto auf Ihr Handy. Vielleicht können Sie es heute Abend dem Personal zeigen", schlug Gabi vor.

„Gerne. Hier ist meine Nummer."

„Falls Ihre Leute irgendwas zu sagen haben, rufen Sie mich bitte gleich an", bat Höbel und händigte seine Karte aus. „Das wäre es dann schon", erklärte er und erhob sich. „Ach, doch noch eine Frage. *Neues Licht,* sagt Ihnen das was?"

„Nicht wirklich", erwiderte er. „Aber da ist so ein junger Bursche mit einem auffälligen gelben Halstuch. Der kommt gelegentlich und hat Broschüren oder Flyer dabei. Solange der meine Gäste nicht stört, das war bis jetzt nicht der Fall, habe ich nichts dagegen. Irgendwelche Gespräche führt er dann draußen."

„Das war es dann endgültig", erklärte Höbel. „Ich danke Ihnen für die Auskünfte. Wenn noch was ist, Sie haben ja meine Nummer."

„Ich hoffe, das war nicht das letzte Mal", wünschte Gabi Stern, als sie sich vor dem Pub verabschiedeten.

„Ich melde mich", versprach er.

Als Erstes war da dieser quälende Durst. Sie wusste nicht, wie lange sie schon hier lag. Sie glaubte sich zu erinnern, dass er gelegentlich da war und ihr etwas eingeflößt hatte. Danach war sie wieder in einen tiefen Schlaf gefallen.

Mühsam öffnete sie die Augen. Sofort waren diese grellen Blitze wieder da. Aber mit der Zeit gewöhnten sich die Augen etwas daran, auch wenn sie immer noch schmerzten. Die Glühbirne brannte. Also hatte sie ihre Erinnerung nicht getrogen. Er war noch einmal hier gewesen, denn beim ersten Mal hatte er das Licht ausgeschaltet.

Sie sah sich um. Sie befand sich wohl unter der Erde in einem etwa fünfzig Quadratmeter großen Raum, den man offenbar in den Fels gehauen hatte. Der erste Eindruck war, dass sie sich in einer Gruft befand, aber es war wohl eher so eine Art Gewölbekeller.

Auf einem wackligen Tischchen neben ihrem Lager stand eine Flasche Wasser. Daneben lag eine Packung Kekse. Neben der Pritsche stand ein Eimer. Ihr erster Gedanke war, das Wasser nicht zu trinken. Zu sehr fürchtete sie, dass diesem etwas zugesetzt war und sie erneut in diesen Tiefschlaf fallen würde. Aber dann hielt sie es nicht mehr aus. Mit letzter Kraft öffnete sie den Verschluss und setzte die Flasche an den Mund. Zuerst verschluckte sie sich. Ihr Hals war zu sehr ausgetrocknet. Dann zwang sie sich zu kleineren Schlucken. Als sie die Flasche absetzte, war sie zu drei Vierteln geleert.

Sie versuchte, sich aufzurichten, aber ihr wurde sofort schwindelig. So langsam kam ein Teil der Erinnerung zurück. Sie erinnerte sich, dass sie dem jungen Mann gefolgt war und der sie niedergeschlagen hatte. Anscheinend hatte er ihr damals schon irgendetwas verabreicht. Sie erinnerte sich an ihre vergeblichen Versuche, sich mit den anderen Passanten in Verbindung zu setzen. Sie verstand allerdings nicht, weshalb er sie niedergeschlagen hatte und weshalb sie hier eingesperrt war. Sie hatte doch nichts getan. Was hatte er mit ihr vor? In was für einen Albtraum war sie da geraten? Die Ungewissheit machte sie fast wahnsinnig.

Schließlich gelang es ihr doch, sich aufzurichten und mit wankenden Schritten den Raum zu erkunden. Da gab es allerdings nicht viel zu erforschen. Er war fensterlos. Die einzige Lichtquelle war die einsame Glühbirne. Der Weg nach draußen führte also ausschließlich durch die schwere Holztür. Sie brauchte gar nicht erst zu versuchen, diese aufzubrechen. Hierfür hätte sie schweres Werkzeug benötigt, und dann wäre sie noch nicht sicher, ob sie es geschafft hätte. Sie drückte die Klinke herunter. Natürlich war abgeschlossen. Sie legte ihr Ohr an die Holzbretter und lauschte, aber von draußen war kein Ton zu hören.

Verzweifelt hämmerte sie gegen die Tür und schrie nach Hilfe. Dann hielt sie inne und lauschte erneut. Nichts rührte sich.

Erschöpft sank sie wieder auf ihr Lager nieder. Sie aß noch ein paar Kekse und trank den Rest des Wassers aus. Gleich darauf war sie auch schon wieder eingeschlafen.

Gabi Sterns ehemaliger Freund lebte in einem Reihenhaus in einer ruhigen Wohnsiedlung. In der Garageneinfahrt stand ein weinroter Porsche Targa aus den Siebzigern des letzten Jahrhunderts. Der Junge lebte offenbar nicht schlecht. Er war wohl etwa gleich alt wie Höbel, aber der hätte sich weder Wohnung noch Auto leisten können. Heller -Finanzdienstleistungen- stand neben dem Klingelschild.

Höbel drückte und hörte es drinnen läuten, aber sonst tat sich nichts. Erst beim dritten Mal hörte man ein Poltern und Schimpfen. Kurz darauf öffnete sich die Haustür.

Vor Höbel stand ein etwa eins neunzig großer, dunkelhaariger Mann mit blutunterlaufenen Augen und wirren Haaren. Seine Bartstoppeln zeigten, dass er sich wohl seit Freitag nicht mehr rasiert hatte. Höbel konnte deutlich Alkoholgeruch wahrnehmen. Trotz der weiten Trainingshose und des schlapprigen T-Shirts war zu erkennen, dass er regelmäßig ein Fitnessstudio aufsuchte. „Ja?!", schnauzte er.

Höbel zeigte seinen Polizeiausweis, der jedoch keine Beachtung fand. Danach holte er sein Handy hervor und rief das Foto mit den beiden Freundinnen Saskia und Gabi auf. „Wir suchen diese Frau", erklärte er, während er auf Saskia Keller deutete. „Sie sind doch Herr Heller."

Heller hatte offenbar nur auf Gabi Sterns Bild geachtet. Vermutlich hatte der Alkohol auch sein Bewusstsein getrübt, denn er schrie: „Ich weiß, wer du bist! Du bist ihr neuer Lover! Und dann besitzt du die Unverfrorenheit, hierher zu kommen!"

Höbel rechnete nicht mit einem Angriff. Deshalb musste er den Faustschlag auf sein linkes Auge voll einstecken, was ihm zunächst die Sicht raubte. Da sprang ihn Heller auch schon an und traktierte ihn mit Faustschlägen und Tritten. Höbel reagierte mehr instinktiv als bewusst. Das jahrelange Kampfsporttraining machte sich positiv bemerkbar. Sein Ellenbogen krachte in die kurzen Rippen des Angreifers und ließ die Luft aus seiner Lunge weichen. Höbels rechter Schuh traf mit voller Wucht das Knie Hellers. Bevor der zusammensackte, erwischt ihn Höbels Faust am Kinnwinkel.

Nach etwa einer Minute kam Heller wieder zu sich. Er schaute Höbel hasserfüllt an. „Sie hat dich geschickt! Das ist Hausfriedensbruch und Körperverletzung!", schrie er und versuchte, sich aufzurichten, knickte aber immer wieder zusammen. „Das kommt dich teuer zu stehen! Mein Anwalt wird dich fertigmachen, darauf kannst du dich verlassen!"

„Es ist wohl etwas anders", erklärte Höbel, der sich trotz seines schmerzenden Auges ein gewisses Triumphgefühl nicht verkneifen konnte. „Nicht ich habe Sie, sondern Sie haben mich angegriffen. Das war Widerstand gegen die Staatsgewalt und tätlicher Angriff auf einen Polizeibeamten. Da kommt ganz schön etwas zusammen."

„Du kannst mich mal!"

Höbel beachtete die Beleidigung nicht. „Ich zeige Ihnen jetzt noch einmal das Foto, und flippen Sie nicht gleich wieder aus. Ist diese Frau, das ist die von Ihnen aus gesehene links, am Freitag noch in den Irish Pub in der Altstadt gekommen? Sie waren doch da."

„Klar war ich da. Der Idiot hat mich ja nachher noch herauskomplimentiert. Mich wundert, dass der noch nicht längst pleite ist, wenn der so mit seinen Gästen umgeht. Diesen Scheiß-Laden betrete ich in Zukunft nicht mehr. Ja, ich kenne die Frau. Die wohnt doch mit der zusammen." Er deutete dabei auf Gabi Stern. „Aber am Freitag war die nicht da. Reicht das jetzt?"

„Ich könnte Sie jetzt mitnehmen. Dann könnten sie sich in einer Zelle über Nacht beruhigen.

Aber was soll ich meinen Kollegen wegen eines solchen Spinners Arbeit aufhalsen? Gut möglich, dass Sie in den nächsten Wochen Post von der Staatsanwaltschaft erhalten."

„Das hier hat noch ein Nachspiel", hörte Höbel hinter sich, als er in Richtung seines Autos ging „Man sieht sich immer zwei Mal."

„Jederzeit gerne", antwortet er und grinste.

Kapitel 8

„Sind Sie unter die Räuber gefallen?", erkundigte sich Ulla, als Höbel ihr Zimmer betrat.

„Sie meinen das Auge?", antwortete er lächelnd. „Ist nicht der Rede wert. Ich wurde überrascht. Trotzdem hätte ich besser aufpassen sollen. Aber meinen Angreifer hat es schlimmer erwischt."

„Setzen Sie sich doch", bat sie. „Was ist denn nun in Koblenz herausgekommen?"

„Nichts Genaues weiß man nicht. Es gibt keine zwingenden Anhaltspunkte, dass das Verschwinden der jungen Frau etwas mit dem *Neuen Licht* zu tun hat. Andererseits ist das auch nicht widerlegt. Fakt ist, dass sie die Koblenzer Altstadt besuchen wollte. Ob sie das tatsächlich gemacht hat, kann man nicht sagen. Wir haben da nur die Aussage ihrer Freundin, mit der sie in Wohngemeinschaft lebt. Die Freundin war in einem Pub, ist aber relativ früh nach Hause gegangen. Sie waren da lose verabredet. Dort ist sie aber nicht aufgetaucht. Das bestätigen der Wirt und der Exfreund der Mitbewohnerin."

„Eine Funkpeilung nach ihrem Handy könnte da Aufschluss geben", schlug Ulla vor. „Im Gegensatz zu unserer Gegend stehen die Masten in der Stadt ja relativ dicht beieinander. Da ist die doch recht genau."

„Sie haben recht. Das haben die Kollegen aus Koblenz auch veranlasst. Bis gestern gab es noch keine Antwort. Jedenfalls ist das Handy ab dem fraglichen Abend ausgeschaltet."

„Was war denn nun mit Ihrem Auge? Hatte das etwas mit dem Fall zu tun. Eigentlich hätte ich Sie ja nicht so streitsüchtig eingeschätzt."

Höbel machte eine Handbewegung, als wolle er das Thema als Lappalie vom Tisch wischen. „Es hatte was mit dem Fall zu tun, und es war dieser besagte Exfreund."

„Ich verstehe", sagte Ulla und grinste.

„Was verstehen Sie? Da bin ich aber neugierig."

Ulla lächelte hintersinnig. „Lassen Sie mich raten. Diese Mitbewohnerin ist eine hübsche Frau."

„Das kann ich bestätigen, aber was hat das Ihrer Meinung nach für eine Bedeutung?"

„An dem Freitag, als diese Saskia Keller verschwand, war die hübsche Mitbewohnerin mit dem Mann zusammen im Pub. Daraus schließe ich, dass er damals noch nicht ihr Exfreund war."

„Machen Sie weiter", forderte er sie auf.

„Nun taucht plötzlich ein junger, gut aussehender Polizeibeamter auf. Plötzlich ist der Freund ein Exfreund, und der Polizeibeamte hat ein blaues Auge. Was würden Sie daraus folgern?"

Höbel lachte lauthals. „Danke für gut aussehend. Sie kommen der Wahrheit ziemlich nahe.

Tatsache ist, dass die beiden sich an besagtem Abend gestritten haben. Als ich Gabi Stern kennenlernte, so heißt die Frau übrigens, hat sie bereits von ihrem Exfreund gesprochen. Der Kerl hat vermutlich so ähnlich wie Sie gedacht. Deshalb ist er auf mich losgegangen. Es ist ihm nicht so gut bekommen. Ich kann sowieso nicht verstehen, was sie an diesem Kotzbrocken gefunden hat."

„Wo wir gerade bei Ihren Errungenschaften sind. Was macht eigentlich Anna?"

Höbel bekam ein schlechtes Gewissen, hatte er doch am Sonntagabend eine Nachricht von Anna erhalten, der ein Bild des Mannes als Anhang beigefügt war, den er bis zu dem Parkplatz am Wildpark verfolgt hatte. Bisher hatte er diese Nachricht nicht beantwortet. Er fürchtete, dass eine Reaktion Annas Ehrgeiz noch mehr anstacheln würde. „Wie sich das anhört, Ihre Errungenschaften, ich habe diese junge Frau dienstlich kennengelernt, und um Ihre Frage nach Anna zu beantworten, wir haben uns eine kleine Auszeit genommen."

Ulla hätte gerne mehr erfahren, aber das war schließlich die Privatangelegenheit ihres Kollegen. „Haben Sie auch mit diesen „Lichtlern" gesprochen", fragte sie statt dessen.

„Ich war da. Die haben ein ehemaliges Fitnessstudio im Industriegebiet übernommen. Der Chef war wohl nicht da, aber eine junge Frau hat mir bereitwillig Auskunft erteilt, konnte aber auch nichts zu der Verschwundenen sagen. Jedenfalls hat sie das gesagt, und eigentlich habe ich keinen Grund, daran zu zweifeln."

„Bleiben Sie jetzt an diesem Fall dran?"

„Ich bin erst einmal wieder hier in Hachenburg. Solange sich keine weitere Verbindung zu dem Mord an Lisa Sommer zeigt, ermitteln die Koblenzer Kollegen weiter. Man wird sich in den Kneipen der Koblenzer Altstadt erkundigen. Möglicherweise wird man auch die Presse um Mithilfe bitten. Hat sich hier etwas getan?"

„Leider nein", antwortete Ulla. „Ich hatte ja gehofft, dass Sie in Koblenz neue Erkenntnisse gewinnen würden. Wir kommen nicht so recht voran."

Saskia Keller war wieder eingeschlafen. Ein Klopfen an der Tür weckte sie auf.

Im ersten Moment hatte sie die Hoffnung, dass irgendjemand sie gefunden hatte. „Wer ist da?" Ihre Stimme klang gleichzeitig verzweifelt und hoffnungsvoll. Doch die Hoffnung wurde gleich wieder zerstört.

„Stell den Eimer an die Tür, und geh an die der Tür gegenüberliegende Wand, damit ich dich gleich sehen kann, wenn ich öffne!"

„Ich lasse mich nicht von dir herumkommandieren", antwortet sie trotzig. „Was habe ich dir getan, dass du mir das antust? Ich will jetzt endlich wissen, was hier los ist. Vorher mache ich überhaupt nichts."

„Ich hatte ein paar warme Sachen und etwas zu essen dabei. Aber wie du willst." Während er das sagte, ging das Licht aus.

„Warte, ich tue, was du sagst!", rief sie, aber er antwortete nicht.

Erst jetzt fiel ihr auf, wie kalt es hier unten war, und etwas essen musste sie auch. Sie verspürte zwar keinen Hunger, aber sie musste ja bei Kräften bleiben. Wer wusste schon, wie lange das hier andauerte.

Es kam ihr wie eine Ewigkeit vor, da hörte sie, wie sich Schritte näherten.

„Hast du es dir anders überlegt?", fragte er. Das Licht ging wieder an.

Natürlich sah sie ein, dass es in dieser Situation besser war, zu kooperieren. Sie beeilte sich, seinen Befehlen zu folgen und den Eimer an die Tür zu stellen. Dann eilte sie zur gegenüberliegenden Wand. „Ich habe gemacht, was du gesagt hast, auch wenn ich nicht weiß, warum ich das tun soll."

„Ich habe meine Gründe", antwortet er. Der Schlüssel ging im Schloss. „Bleib, wo du bist!", befahl er, als er den Raum betrat. Er hatte außer einem neuen Eimer zwei Flaschen Wasser, eine Kunststoffschüssel und einen Plastiklöffel dabei. Er stellte alles an der Tür ab. „Ich hoffe, du magst Spaghetti Bolognese. Ich musste sie wieder aufwärmen. Natürlich sind die Nudeln nicht mehr al dente, aber das hier ist auch kein Sternerestaurant."

„Was machst du nur mit mir?", fragte sie. „Warum hast du mich entführt? Ich habe doch gar nichts gesehen."

„Glaub mir, es ist besser für dich." Mit diesen Worten ging er nach draußen.

Sie war wieder allein. „Bitte, erklär mir doch, warum ich hier bin!", rief sie ihm hinterher. Aber sie erhielt keine Antwort.

Plötzlich überkam sie doch ein Heißhungergefühl. Gierig verschlang sie die Spaghetti. Danach setzte das Rattern im Kopf wieder ein.

Ullas Laune wurde immer unerträglicher, was sich auch auf ihr und Leyendeckers Privatleben auswirkte. Sie wurde immer verschlossener und einsilbiger.

Selbst Frau Heins Kater Balboa schien das zu merken. Sprang der doch, wenn er die beiden besuchte, vorwiegend auf Ullas Schoß, um sich von ihr streicheln zu lassen. Zumindest wenn sie sich die Hände nicht gerade frisch eingecremt hatte, denn das mochte er nicht. Aber wenn er jetzt kam, schaute er kurz zu Ulla, um sich gleich darauf Leyendecker zuzuwenden. Ullas aggressive Stimmung übertrug sich auf das sensible Tier.

Natürlich verbesserte das Ullas Laune nicht gerade, waren doch sowohl Balboa als auch sein jüngerer Gefährte Schmeling sonst oft in der Lage, Ulla und Leyendecker den alltäglichen Ärger vergessen zu lassen.

Dass der Kater jetzt offenbar Leyendecker bevorzugte, ärgerte Ulla zusätzlich. Sie hatte extra diese sündhaft teuren Leckerlis gekauft, denen Balboa nicht widerstehen konnte. Wenn also Ulla ihn mit einer solchen Köstlichkeit lockte, ließ er sich selbstverständlich nicht zweimal bitten. Er kehrte aber jedes Mal zu Leyendecker zurück, nachdem er aufgefressen hatte.

Der Grund für Ullas schlechte Stimmung lag natürlich auf der Hand. Fast zwei Wochen waren seit der Ermordung der jungen Frau vergangen, und irgendwie ging nichts voran. Auch die weiteren Ermittlungen der Koblenzer Kollegen im Fall Saskia Keller brachten keine Fortschritte. Ihr Handy war tatsächlich zuletzt in der Koblenzer Altstadt geortet worden. Seitdem war es ausgeschaltet. Ohnehin bezweifelte Ulla, dass die beiden Fälle zusammenhingen.

Leyendecker hätte ihr gerne geholfen, aber so recht wollte ihm auch nicht einfallen, wie man in dem Fall weitere Fortschritte erzielen konnte, und bloße Durchhalteparolen hätten sie noch weiter auf die Palme gebracht. Obwohl er ein harmoniebedürftiger Mensch war, musste er sich in diesem Fall seinem Schicksal still ergeben. Aber so konnte es nicht weitergehen.

Anna hatte bei ihren Arbeiten inzwischen so etwas wie Routine entwickelt. Fast hätte sie dabei ihr eigentliches Ziel, möglichst den Fall auf eigene Faust aufzuklären, aus den Augen verloren. Von Höbel hatte sie nichts gehört. Eigentlich hätte sie zumindest eine Reaktion auf das übersandte Foto erwartet. Es schien, als sei er immer noch beleidigt. Es geht auch ohne ihn. Ich brauche ihn nicht, sagte sie zu sich selbst.

Dieses Wochenende waren wieder Besucher gekommen. Es schienen mehr oder weniger die gleichen wie beim letzten Mal zu sein. Auch deren Tagesablauf unterschied sich nicht wesentlich gegenüber dem letzten Besuch.

Wieder erschien am zweiten Tag dieser Mann, vor dem Anna sich fürchtete. Wieder übernahm der Mann wie selbstverständlich Lemurs Büro. Nach und nach suchten so gut wie alle Teilnehmer des Seminars den Fremden auf.

Anna war sich sicher, dass die Aufklärung des Falles wesentlich mit diesem Mann zusammenhing. Zu gern hätte sie gewusst, welcher Art die Gespräche waren, die er in dem Büro mit den Teilnehmern führte. Sie war hin und hergerissen. Zu sehr erinnerte sie sich daran, wie ihr beim letzten Mal der Schreck in die Glieder gefahren war.

Eigentlich blieben ihr nur zwei Alternativen. Die erste war, das ganze Vorhaben abzublasen und sich selbst einzugestehen, dass dies alles eine Nummer zu groß für sie war. Die zweite war, dass sie ihre Angst überwand und endlich das tat, wofür sie hergekommen war.

Sie musste sich bald entscheiden, denn die meisten hatten den Fremden bereits aufgesucht.

Aus ihren Beobachtungen wusste sie, dass jedes einzelne Gespräch etwa fünf Minuten dauerte. Soeben betrat ein weiterer Mann das Büro. Sie hatte also mindesten drei Minuten Zeit für ihr Vorhaben. Ihre Angst hinten an stellend, eilte sie leise die Treppe herunter und hielt ihr Ohr an die Tür.

Sie verstand nur einzelne Wortfetzen, also presste sie sich noch dichter an die Tür. Plötzlich vernahm sie gar nichts mehr. Dann wurde die Tür aufgerissen, und der Mann stand drohend vor ihr. In der Hand hielt er eine großkalibrige Pistole, deren Mündung auf ihren Bauch gerichtet war.

„Hatte ich doch recht", sagte er mit einer Stimme, die ihr durch Mark und Bein ging. „Die junge Dame war mir letztes Wochenende schon verdächtig."

Starr vor Schreck stand Anna da. Sie war völlig außerstande auch nur einen Laut hervorzubringen. Dann begann sie, am ganzen Körper zu zittern. Innerhalb von Sekunden war sie schweißnass. Ihr Atem ging immer schneller. Sie hyperventilierte. Vergeblich rang sie nach Luft. Dann wurde ihr schwarz vor Augen, und sie sank zu Boden.

„Was sollen wir denn nun mit ihr machen?", fragte Lemur, dem der Schreck ordentlich in die Glieder gefahren war, als man nach ihm gerufen hatte.

„Lass das mal meine Sorge sein", erwiderte Nastasic. „Sorge dafür, dass hier ordentlich aufgeräumt wird. Alle sollen hier verschwinden. Sie bekommen Nachricht, wenn es weitergeht. Um die Kleine kümmere ich mich."

„Was hast du mit ihr vor?"

„Das geht dich nichts an. Ich werde sie mitnehmen."

„Das geht mich sehr wohl etwas an", widersprach Lemur. „Es hat bereits eine Tote gegeben. Die Polizei wird hier alles auf den Kopf stellen."

„Dann sorge dafür, dass sie nichts findet. Wie ich bereits sagte, ich werde sie mit mir nehmen, und du wirst nie mehr etwas von ihr hören."

„So einfach, wie du dir das vorstellst, ist das auch nicht. Sie hat hier gearbeitet. Da wird man Fragen stellen."

„Menschenskinder Karl-Heinz, stell dich nicht so blöd an! Beantworte die Fragen einfach. Du weißt nicht, was mit ihr ist."

„Das wird mir niemand glauben."

„Was man dir glaubt, ist doch egal. Es kommt darauf an, was man dir beweisen kann. Ich glaube, ich brauche dir nicht zu erzählen, was mit dir geschieht, wenn die ganze Sache auffliegt.

Kapitel 9

Anna probierte, den rechten Arm zu bewegen. Doch der versagte seinen Dienst. Nach und nach versuchte sie das Gleiche mit den anderen Gliedmaßen, dem linken Arm und den beiden Beinen. Jedes Mal dasselbe Ergebnis.

Sie öffnete die Augen. Sie lag auf dem Boden in Lemurs Büro hinter dem Schreibtisch. Arme und Beine waren mit Klebeband gefesselt. In ihrem Mund steckte ein Fetzen Stoff, den man ebenfalls mit Klebeband fixiert hatte. Sofort begann sie zu würgen und bekam Angst zu ersticken.

Schlagartig fiel ihr wieder ein, wie der Mann mit der Pistole vor ihr stand, die auf ihren Bauch zeigte. Irgendetwas musste drinnen seine Aufmerksamkeit erregt haben. Sie war aber doch so vorsichtig gewesen. Trotzdem hatte er sie bemerkt.

Lars Höbel hatte recht behalten, aber sie hatte ja seine Warnungen in den Wind geschlagen. Es war eine schreckliche Dummheit gewesen, sich als Amateurdetektivin zu versuchen. Nun musste sie mit den Folgen klarkommen.

Erneut begann sie zu zittern. Was würden die mit ihr machen? Würden die ihr glauben, dass sie so gut wie nichts mitbekommen hatte und nur eine allzu neugierige junge Frau war. Wohl kaum. Allein, dass die sie mit der Pistole bedroht hatten und sie wie ein Paket verschnürt hier im Büro lag, war Straftat genug. Es wäre naiv anzunehmen, das die sie so einfach laufen ließen.

Alle möglichen Szenarien gingen ihr durch den Kopf, von denen eines schlimmer als das andere war.

Mit Hilfe von außen war nicht zu rechnen. Lars hatte sich schon lange nicht mehr gemeldet, und sie war außerstande, Hilfe zu rufen. Zu allem Überfluss fühlte sie, dass man ihr das Handy aus der Tasche genommen hatte. Aber sie wäre ja ohnehin nicht in der Lage gewesen, es zu benutzen.

Sie wusste nicht, wie lange sie da gelegen hatte. Es kam ihr endlos vor, aber vermutlich hatte es nicht allzu lange gedauert.

Die Tür ging auf, und der Mann kam herein. „Einen schönen Schlamassel hast du da angerichtet", knurrte er. „Was jetzt kommt, ist ganz allein deine eigene Schuld."

Sie versuchte zu antworten, brachte aber natürlich keinen Ton heraus.

„Du wirst jetzt genau das machen, was ich dir sage, sonst …" Er ließ die Drohung so im Raum mitschwingen.

Sie beeilte sich, eifrig zu nicken.

„Ich werde dich jetzt von deinen Fesseln befreien. Wir beide gehen dann gemeinsam zu meinem Wagen. Versuch, nicht aufzufallen! Du

133

setzt dich auf den Beifahrersitz und gibst keinen Mucks von dir! Und probier gar nicht erst abzuhauen! Die hier ist schneller." Dabei zeigte er ihr seine Pistole, die er inzwischen mit einem Schalldämpfer versehen hatte.

Ergeben nickte sie erneut.

„Na, dann wollen wir mal", sagte er und verstaute den auf dem Tisch liegenden Laptop und ein dickeres Kuvert in einem kleinen Koffer. „Und denk immer dran, was ich dir gesagt habe." Er zog ein Messer aus der Hosentasche und schnitt ihr die Handfesseln durch. Danach beugte er sich zu ihr herab und durchschnitt ihre Fußfesseln. Brutal zerrte er sie hoch.

Ihre Beine schienen zunächst ihren Dienst zu versagen, aber nachdem sie sich eine kurze Zeit an den Schreibtisch gelehnt hatte, kehrte die Blutzirkulation zurück. Sie versuchte, ein paar kleine Schritte, die auch erfolgreich waren.

„Los geht´s!", befahl er, nachdem er sie von dem Knebel befreit hatte.

Im Flur war niemand zu sehen. Er öffnete die Außentür und sah nach draußen. Dann steckte er die Pistole ein und gab ihr das Zeichen, ihm zu folgen.

Der SUV stand auf dem seitlichen Parkplatz. Mit der Fernbedienung entriegelte er das Fahrzeug und befahl: „Setz dich auf den Beifahrersitz und schnall dich an." Danach stieg er auf der Fahrerseite ein und holte ein Paar Handschellen aus der Tasche.

Da fuhr ein Streifenwagen vor, der Teile der Ausfahrt versperrte.

Berger und Starck waren zu einem Verkehrsunfall nach Bölsberg gerufen worden. Eine Lappalie, bei der sich die Beteiligten gut und gern selbst hätten einigen können. Das hatten sie den Unfallgegnern auch ausführlich dargelegt. Leider kam das allzu oft vor. Jetzt fuhren sie die Leipziger Straße stadteinwärts.

In Höhe des Kindergartens sagte Berger: „Fahr da vorne rechts. Ulla hat uns doch gebeten, diesem Nastasic auf die Finger zu klopfen. Vielleicht haben wir ja Glück und treffen ihn beim Burggartenhotel an."

„Das gibt's doch nicht", staunte Starck, als sie zu dem Gebäude kamen und Einsicht auf den Parkplatz hatten. „Die Beschreibung passt. Da sitzt er ja in seinem Auto. Und daneben sitzt noch jemand, eine Frau. Ihr Gesicht ist nicht zu erkennen, weil sie sich nach vorne beugt. Aber irgendwie kommt die mir bekannt vor."

„Das trifft sich ja gut", erwiderte Berger. „Stell dich vor ihn."

Sie hatten noch nicht richtig gehalten, da schrie Berger: „Was hat der denn vor? Was macht der Idiot da?"

Der Wagen kam mit Vollgas auf sie zugeschossen und traf sie am vorderen Kotflügel. Es gab einen dumpfen Schlag und dieses hässliche Knirschen, wenn Metall auf Metall trifft.

Der Streifenwagen wurde einen Meter zur Seite geschoben und die Insassen kräftig durchgeschüttelt.

Der dunkle Wagen raste in Richtung Innenstadt davon.

„Der hat sie doch nicht alle!", rief Berger. „Los, dem Kerl hinterher!"

Starck fuhr los, und sofort war ein unangenehmes Geräusch zu hören. „Irgendetwas schleift am Rad", erklärte er Berger.

„Forder die Kollegen an!" Während Berger das sagte, sprang er auch schon aus dem Auto, um nach dem Malheur zu sehen..

Es hatte den Streifenwagen vorne rechts heftig erwischt. Die Kunststoffteile, die da in Brocken hingen, lösten sich unter den kräftigen Tritten des Hünen. Der Kotflügel war verbogen und drückte auf den Reifen. Sie wären keine fünfzig Meter weit gekommen und hätten einen Platten gehabt. Berger zögerte einen kurzen Moment, dann zog er seine Uniformjacke aus, fasste die mit beiden Händen, um sich an dem scharfkantigen Blech nicht zu verletzen. Dann ergriff er den Kotflügel. Zunächst tat sich nichts. Berger steigerte seine Bemühungen und legte sich mit dem ganzen Gewicht nach hinten. Er keuchte vor Anstrengung, und sein Gesicht lief rot an. Aber schließlich hatte er Erfolg. Das Metall gab ein kleines Stück nach.

Sofort sprang er auf den Beifahrersitz. „Hinterher, und mach die Sirene an!"

Mit quietschenden Reifen schoss das Polizeifahrzeug los. „Er wird durch die Bahnhofstraße gefahren sein", vermutete Starck. „Ich fahre mal daher."

Diese Annahme bestätigte sich kurz darauf auch. An der Stelle, wo die Bahnhofstraße auf die Graf-Heinrich-Straße trifft, standen gestikulierend einige Passanten, die nach oben zur Innenstadt wiesen, als die Polizisten sich näherten.

Laut Beschilderung hätten sie nach rechts abbiegen und durch den Kreisverkehr vor dem ehemaligen Hotel Westend fahren müssen. Doch dafür hatten sie nun wirklich keine Zeit. Starck bog links ab und nahm einem Golf GTI die Vorfahrt. Der Fahrer fuchtelte wild gestikulierend mit den Armen.

„Hast du was mit den Ohren?", fauchte Starck. „Die Sirene ist doch wirklich laut genug."

Zu Beginn der Fußgängerzone lagen links und rechts zwei Motorräder, die etwas zerfleddert wirkten. Daneben standen zwei heftig schimpfende Männer in schwarzer Lederkleidung.

Starck bog mit etwas reduziertem Tempo in den Johann-August-Ring.

In Höhe des Kaiser-Wilhelm-Denkmals mussten sie sich die Frage stellen, ob der Wagen weiter auf der Leipziger Straße in Richtung Schneidmühle gefahren war, oder ob er in die Borngasse abgebogen war und die Flucht weiter in Richtung Alpenrod ging.

Starck hielt vor dem Zebrastreifen.

Gegenüber vor dem Adler neben dem Denkmal stand die alte Hedwig, die am Schlossberg wohnte, mit ihrem Rollator.

Berger sprang aus dem Auto.

Hedwig sah neugierig zu ihm herüber.

„Ein dunkler SUV!", rief er. „Hast du den gesehen?"

Aber Hedwig hielt sich nur die rechte Hand ans Ohr.

Natürlich, die konnte ihn ja nicht hören. „Schalt mal die Sirene aus!", rief er Starck zu.

„Ein dunkler SUV! Hast du den gesehen?", rief er erneut.

Hedwig schaute unsicher drein. „Hallo Karlchen, ich weiß nicht, was das ist. Ich habe von dem neumodischen Zeug doch keine Ahnung."

„Du hast ja recht, dumm von mir." Berger schüttelte über sich selbst den Kopf. „Ein dunkler Geländewagen."

„Die Borngasse runter!", rief Hedwig.

Berger rief: "Danke, du hast uns sehr geholfen." Da saß er auch schon wieder auf dem Beifahrersitz.

Anna war heilfroh, als der Streifenwagen vor ihnen hielt. Die Sache würde doch noch ein glückliches Ende finden. Umso entsetzter war sie, als sie plötzlich auf das Polizeifahrzeug losrasten. Sie wurde hin und her geschüttelt, als die beiden Wagen aufeinandertrafen. Zum Glück hatte sie den Gurt bereits angelegt. „Sind Sie lebensmüde? Wollen Sie uns alle umbringen!", schrie sie.

Doch der Mann nahm keine Notiz von ihr. Seiner finsteren Miene nach zu schließen, schien er zu allem entschlossen.

Gott sei Dank war kein anderes Fahrzeug in der Nähe, als sie durch den Kreisverkehr Ecke Bahnhofstraße/Gartenstraße rasten. Allerdings kreischte sie erneut, als sie in die falsche Richtung von der Bahnhofstraße in die Graf-Heinrich-Straße abbogen und dabei gleich zwei anderen Verkehrsteilnehmern die Vorfahrt nahmen.

Er fuhr zu direkt in den Kreisverkehr unterhalb der Fußgängerzone, riss den Wagen im letzten Moment nach links, dessen Heck daraufhin ausbrach. Das schwere Fahrzeug holperte über den Bordstein und schleuderte zwei Motorräder, die widerrechtlich dort geparkt waren, gegen die Poller, die die Fußgängerzone absperrten. Der Fußgängerüberweg vor den Scharfen Eck war im Nu leer gefegt.

Sie atmete etwas durch, als sie die Stadt verließen, obwohl sie weiterhin mit völlig überhöhter Geschwindigkeit fuhren, die sie fürchten ließ, dass sie im nächsten Augenblick von der Straße zu fliegen würden.

Doch die nächste Überraschung folgte bald. „Wo führt der Waldweg da vorne hin?", fragte er.

„Links geht es zum Friedwald und Richtung Alpenrod, oder man kommt nach Hachenburg zurück. Rechts führt der Waldweg nach Gehlert", antwortete sie, ohne zu wissen, was diese Frage eigentlich sollte. Aber das merkte sie im nächsten Moment.

„Wir müssen uns einen Augenblick verstecken und die Bullen vorbeifahren lassen." Während er das sagte, trat er hart auf die Bremse und riss das Steuer nach links.

Das Fahrzeug schlingerte über den kleinen Parkplatz und raste dann in den Waldweg.

„Halten Sie endlich an!", schrie sie und griff ihm dabei ins Lenkrad.

Was sie zu dieser überstürzten Handlung veranlasste, konnte sich nicht erklären. Sicher stand da keine rationale Erklärung dahinter, sondern es war reine Panik. Allerdings hatte ihre Handlungsweise fatale Folgen.

Der Wagen geriet ins Schleudern. Der Mann versuchte, gegenzulenken. Das Fahrzeug schoss von einer auf die andere Seite des schmalen Weges, bevor es mit einem kleinen Sprung über einen Graben setzte und schließlich an einem Baum zum Halten kam.

Anna blieb zunächst benommen sitzen. Sie hörte die Sirene des Polizeiwagens, der in Richtung Alpenrod vorbeifuhr. Dann spürte sie die Prellungen, die der Gurt verursacht hatte. Aber ansonsten schien sie unverletzt zu sein. Sie warf einen Blick zum Fahrer. Der hatte die Augen geschlossen. Aus einer Platzwunde auf seiner Stirn lief etwas Blut über sein Gesicht. Dann dämmerte ihr, welche Chance sich ihr hier bot. Hastig schnallte sie sich ab. Die Tür klemmte. Mit aller Kraft warf sie sich dagegen, zu ihrer Erleichterung ging sie tatsächlich ein Stück auf. Sie wollte gerade aus dem Fahrzeug steigen, da hörte sie hinter sich, wie eine Pistole durchgeladen wurde.

„Was hast du blödes Weib dir dabei gedacht?" Wut aber auch Schmerz war in seiner Stimme zu erkennen. „Warum knalle ich dich nicht auf der Stelle ab?"

Auf der Dienststelle herrschte helle Aufregung, als sie per Funk die Nachricht der Streifenwagenbesatzung erhielten. Sofort wurden alle verfügbaren Kräfte auf diesen Fall konzentriert. Allerdings hielt es Leyendecker zu diesem Zeitpunkt nicht für sinnvoll, eine Großfahndung einzuleiten, denn schließlich war die Streifenwagenbesatzung an dem Flüchtigen dran. Lediglich die Dienststellen in der Nachbarschaft, insbesondere die Westerburger Kollegen, wurden unterrichtet.

Allgemeine Verunsicherung herrschte über die Begleiterin Nastasics. Höbel hatte jedoch eine dumpfe Ahnung, um wen es sich da handeln könnte. Er versuchte mehrfach, Anna auf ihrem Handy zu erreichen, hatte aber keinen Erfolg. Er wurde immer unruhiger.

Schließlich meldete sich Berger. „Wir sind hier kurz hinter Lochum. Eben sind uns die Westerburger Kollegen entgegengekommen. Ich fürchte, wir haben das Zielobjekt verloren. Wir drehen um und fahren über Linden in Richtung Dreifelder Weiher."

„Ja, warum knalle ich dich nicht einfach ab?", wiederholte Nastasic. „Du hast Glück. Vielleicht kann ich dich ja noch brauchen. Aber ich warne dich. Forder dein Glück nicht zu sehr heraus. Das nächste Mal kommst du nicht so glimpflich davon. Du rührst dich nicht vom Fleck!"

Er stieß die Fahrertür auf. Sobald seine Füße den Boden berührten, schrie er auf vor Schmerzen und brach zusammen. „Verdammt, mein Bein!", fluchte er. „Komm rüber, du musst mir helfen!", befahl er.

Anna folgte seiner Aufforderung und stand hilflos vor ihm.

„Na mach schon, hilf mir hoch!"

Anna konnte sich nicht vorstellen, wie sie dem schweren Mann auf die Füße helfen sollte. Aber nach mehreren Versuchen und genauso vielen Flüchen stand er endlich. „Ich muss telefonieren. Mach dich ein Stück weit fort, aber so, dass ich dich im Auge behalte. Du weißt, eine Kugel ist schneller als du."

Nach einem kurzen Gespräch winkte er sie zu sich heran und gab ihr das Telefon. „Du sollst denen den Weg beschreiben."

„Auf geht´s, du musst mich stützen, bringen wir es hinter uns, aber hol vorher noch meinen Koffer", erklärt er, als sie das Gespräch beendet hatte. Als sie mit dem Koffer zurückkam, lehnte er sich schwer auf ihre Schulter.

„Nicht doch", widersprach er, als sie weiter auf dem Weg bleiben wollte. „Da sind wir doch auf dem Präsentierteller. Wir gehen quer durch den Wald."

Anna fand, dass das ein hoffnungsloses Unterfangen war. Aber was blieb ihr anderes übrig, als seinem Befehl zu folgen.

Höbel ließ die Ungewissheit keine Ruhe. Der Gedanke, dass die Frau in dem Fluchtwagen Anna sein könnte, ging ihm nicht mehr aus dem Kopf. Er entschloss sich, das an Ort und Stelle zu überprüfen.

Bis auf ein paar Kunststofftrümmer, die auf der Straße lagen, schien alles wie sonst zu sein. Die Tür war verschlossen. Auf sein Klingeln öffnete ihm Lemur, der ihn lediglich fragend ansah.

„Berichten Sie, was hier los war!", forderte Höbel ihn auf.

Lemur zuckte scheinbar gleichgültig die Achseln. „Das sollten Sie als Polizeibeamter doch besser wissen als ich. Vermutlich stehen Sie doch mit den Leuten aus dem Streifenwagen in Verbindung."

„Ich frage aber Sie. Na los, erzählen Sie!"

Der Sektenführer blieb äußerlich gelassen. "Was soll schon los gewesen sein. Wir haben einen Knall gehört und sind nach draußen gelaufen. Da haben wir gesehen, wie dieser riesige Polizist auf das Polizeifahrzeug eintrat."

Höbel war perplex. Der Kerl erwähnte nicht mal Nastasic, von Anna ganz zu schweigen. „Ich glaube, Sie wissen ganz genau, wer der Auslöser von dem ganzen Geschehen war und welchen Grund er hatte. Der Mann heißt Goran Nastasic und war bei Ihnen zu Gast." Höbel bemerkte ein leichtes Zucken, als er den Namen erwähnte. Lemur war überrascht, dass die Polizei den Namen kannte.

„Aha", kam lediglich als Antwort.

Lars Höbel wurde nun langsam ungeduldig. „Verdammt, reden Sie schon! Was hat er hier gemacht, und weshalb ist er abgehauen?"

„Was er hier gemacht hat, haben Sie doch eben selbst beantwortet. Er war hier zu Gast."

Höbel sah ein, dass er so mit dem Kerl nicht weiter kam. Man müsste ihn auf die Dienststelle bestellen und einer eingehenden Befragung unterziehen, aber dazu fehlte im Moment die Zeit. Im Augenblick hatten sie Wichtigeres zu tun. „Wo ist Ihr Zimmermädchen, oder wie Sie sie auch immer nennen?"

„Ja, wo ist sie? Jetzt wo Sie nach ihr fragen, kommt es mir auch seltsam vor. Ich glaube, ich habe sie heute Morgen zum letzten Mal gesehen. Schon komisch, dass sie bei dem Knall nicht nach draußen gekommen ist und nachgesehen hat. Dann ist sie vermutlich gar nicht im Haus. Das ist mir bisher nicht aufgefallen."

Höbel glaubte dem Kerl kein Wort, aber was wollte er machen. „Den Schlüssel für ihr Zimmer", befahl er knapp.

„Brauchen Sie dafür nicht einen Durchsuchungsbeschluss?"

„Reden Sie nicht einen solchen Stuss! Den Schlüssel!"

Lemur zuckte die Achseln. „Wie Sie wollen. Es ist ihre Verantwortung." Dann ging er in aller Ruhe davon, um kurz danach mit dem Hauptschlüssel zurückzukommen. „Die Treppe hoch. Das erste Zimmer."

Höbel eilte die Treppe hoch. Das Zimmer war leer. Was hatte er auch anderes erwartet? Seine Vermutung wurde immer mehr zur Gewissheit.

Kapitel 10

Die Wache meldete sich. „Da ist ein Anrufer, er sagt, er hätte einen SUV mit Frankfurter Kennzeichen gefunden."

Was bedeutet wohl gefunden?, dachte Leyendecker. „Stellen Sie durch", bat er.

Der Anrufer stellte sich als Leiter eines Lauftreffs heraus, der mit vier Begleitern die Lange Schneise von Gehlert Richtung Alpenrod gelaufen war, um dann über den Gräbersberg und Langenhahn zur Westerwälder Seenplatte zu gelangen. Kurz hinter dem Friedwald hätten sie das havarierte Fahrzeug dann gefunden. Nein, Personen hätten sie keine bemerkt.

Leyendecker bat sie, an der Unfallstelle zu warten und auf keinen Fall eigenmächtig die Suche nach den Fahrzeuginsassen aufzunehmen. Er beorderte sämtliche sich im Einsatz befindenden Fahrzeuge dorthin.

Die Gruppe der Läufer stand gestikulierend bei dem Fahrzeug als Starck und Berger eintrafen.

„Ich habe Sie angerufen", kam ein Mann von etwa fünfzig Jahren im engen Laufanzug auf sie zu. Er schien zu frieren, denn hierhin kam kaum Sonnenschein, und es zog.

„Das war sehr gut", lobte Berger. „Hat jemand von Ihnen irgendetwas angerührt?"

Der Mann verneinte. „Wir haben uns nur von außen das Fahrzeug angesehen."

„Die Insassen, wissen Sie vielleicht, wohin die sind?"

Der Mann schüttelte den Kopf. „Von denen war nichts zu sehen. Aber weit können sie ja nicht sein. Da ist Blut auf dem Fahrersitz."

Berger teilte die optimistische Ansicht seines Gegenübers nicht so ganz. Selbst zu Fuß hätten die Verfolgten schon ein ganzes Stück entfernt sein können. Und was wäre, wenn sie Hilfe angefordert hätten, vielleicht aus dem Burggartenhotel, dann könnte man sie abgeholt haben und sie wären schon ganz woanders.

Starck schaute nach, ohne etwas zu berühren. „Viel Blut ist das ja nicht. Aber natürlich kann man auch größere Verletzungen nicht ausschließen."

„Sie könnten schon über alle Berge sein. Aber vielleicht sind sie auch ganz in der Nähe. Es wäre gut, wenn wir jetzt einen oder mehrere Hunde einsetzen könnten."

Er griff zum Telefon. „Hallo Christoph. Wir sind an der Unfallstelle und warten auf weitere Anweisungen. Ich habe eben zu Starck gesagt, dass ein Hund nicht schlecht wäre."

„So auf die Schnelle kann ich keinen Hund herzaubern. Aber da fällt mir etwas ein. Der Kollege Zürke wurde doch vor zwei Jahren gemeinsam mit seiner Bella pensioniert. Bei der letzten Weihnachtsfeier wirkte der doch noch ganz fit.

Vielleicht ist es der Hund ja auch noch. Bleibt wo ihr seid. Wenn die anderen Kollegen eintreffen, sollen sie auf den Waldwegen patrouillieren. Ich melde mich wieder."

Nastasic konnte inzwischen überall sein, aber es sprach doch viel dafür, dass er und seine Begleiterin sich noch in dem Waldstück zwischen Hachenburg, Gehlert und Alpenrod befanden. Falls überhaupt, würde das nicht mehr allzu lange der Fall sein. Der ehemalige Kollege und sein Hund waren erfreut, dass sie noch einmal gebraucht wurden, und befanden sich bereits auf dem Weg zu Unfallstelle. Leyendecker veranlasste, dass Nastasic zur Fahndung ausgeschrieben wurde. Um das Waldgebiet systematisch zu durchsuchen, fehlten ihm einfach die Leute, und bis eine Hundertschaft eingetroffen war, waren die beiden sicher längst verschwunden. Aber ein Hubschrauber konnte mit Sicherheit hilfreich sein, auch wenn der eine gewisse Zeit bis zum Einsatzort brauchte.

Leyendeckers Überlegungen gingen dahin, dass die Gesuchten den Wald innerhalb der nächsten Stunde verlassen würden und dass sie dann zwangsläufig in einer Ortschaft auftauchen würden.

Er schickte Höbel, der inzwischen wieder zurück war, nach Alpenrod. Er solle sich dort insbesondere im Industriegebiet am Waldrand umsehen. Ulla beorderte er nach Gehlert, während er den Waldrand von Hachenburg beobachten wollte.

Die Ziegelhütte ist Namensgeberin des Ziegelhütter Weges, an deren Ende sie liegt. Sie wurde vor mehreren Jahrhunderten gegründet, um Ziegel zu produzieren und das Stroh und Holz auf den Dächern der Stadt dagegen auszutauschen.

Die Ziegelhütte gibt es inzwischen nicht mehr. Einige Erdhügel erinnern wohl noch an sie. Aber man muss schon sehr genau hinschauen, um sie zu entdecken.

Etwa fünfzig Meter davon entfernt liegt ein einsames Haus, das viele als das letzte Gebäude dieses Areals ansehen. Aber das ist wohl so nicht richtig. Tatsache ist, dass es viel später errichtet wurde. Leyendeckers Eltern hatten es früher immer als „Nannchens Haus" bezeichnet, obwohl Nannchen schon damals nicht mehr dort wohnte. Besagtes Nannchen war angeblich die Nachfahrin oder die Witwe eines Nachfahren der Betreiber der Hütte. Das Haus wird heute von anderen Leuten bewohnt.

An der Tür dieses Hauses klingelte Leyendecker. Die Hausherrin schaute ihn erstaunt an, bat ihn aber bereitwillig herein.

„Schön, dass du kommst, Hermann", freute sich Berger, als Zürke mit dem Hund bei Ihnen eintraf. Ich nehme an, unser Chef hat dir ja erzählt, worum es geht. Ich hoffe, deine Bella ist noch fit.

Du bist jetzt Zivilist, also überlass den Hund mir. Vorerst einmal vielen Dank."

„So nicht", widersprach Zürke. „Uns gibt es nur im Doppelpack. Außerdem würde Bella nicht auf dich hören. Sie ist ausschließlich auf mich konditioniert. Auf die Schnelle ist das auch nicht zu ändern."

„Also gut", stimmte Berger zu. „Christoph wird schon wissen, was er tut."

Anna wusste, dass die Strecke, die sie zu gehen hatten, nicht sehr weit war. Im Normalfall hätten sie vielleicht eine halbe Stunde gebraucht. Aber diesmal war der Weg unendlich lang. Die Last auf ihrer Schulter wurde schwerer und schwerer. Ihre Beine drohten, ihren Dienst zu versagen.

Nastasic musste starke Schmerzen haben. Das Bein war stark geschwollen und fing bereits an, blau anzulaufen. Trotzdem gönnte er ihnen keine Pause. Unaufhörlich trieb er sie an.

Lediglich wenn sie Fahrzeuggeräusche vernahmen, hielten sie kurz inne und versuchten, irgendwie Deckung hinter den Bäumen zu finden. Gelegentlich sahen sie ein Polizeifahrzeug den Waldweg entlang fahren. Aber sie blieben unbemerkt. Sobald nichts mehr zu hören war, trieb er sie wieder an.

Anna stolperte über eine Baumwurzel. Unfähig, das Gleichgewicht zu halten stürzten sie in eine kleine Mulde. Der schwere Mann lag auf ihr und nahm ihr die Luft zum Atmen. Mit letzter

Kraft gelang es ihr, sich unter ihm hervor zu winden. Erschöpft lag sie da und schnappte nach Luft. Sie hatte das Gefühl, niemals wieder aufstehen zu können.

Nastasic lag ebenfalls reglos da. Auch seine Kräfte schienen aufgebraucht.

Ob das nun das Ende ihrer Flucht war? Eben fuhr wieder ein Streifenwagen vorbei, aber sie traute sich nicht, um Hilfe zu rufen. Vermutlich hätte man sie ohnehin nicht vernommen.

Anna hätte ewig so auf dem Waldboden liegen bleiben können, aber dann hörte sie den Mann sagen: „Pass doch auf! Wie kann man sich nur so blöd anstellen? Los, hilf mir hoch!"

„Ich kann nicht", jammerte sie. „Ich habe keinerlei Kraft mehr."

„Reiß dich zusammen! Wir müssen weiter."

„Nein!", weigerte sie sich. „Ich kann nicht mehr. Ich will einfach hier liegen bleiben."

„Ich warne dich", fauchte er und lud die Pistole durch. „Hilf mir endlich hoch!", befahl er, während er die Pistole auf sie richtete. „Du kannst hier liegen bleiben, aber dann für immer."

„Und wenn schon, das ist mir auch egal", weigerte sie sich. Dann hörte sie ein klickendes Geräusch, und ein heißer Schmerz streifte ihre Wange. Als sie die Hand zu der Stelle führte und sie anschließend ansah, waren ihre Finger blutig. Der Kerl hatte tatsächlich auf sie geschossen.

„Es ist nur ein Streifschuss", erklärte er, „nur eine Schramme, das soll dir eine Lehre sein."

Sie hätte es nicht geglaubt, aber ihre Angst und das Adrenalin, das sie dadurch ausschüttete, schienen ihre letzten Kräfte zu mobilisieren. Mühsam rappelte sie sich hoch. Irgendwie bekam sie den schweren Mann auf die Beine.

Ihr Weg ging weiter. Es konnte ja nicht mehr weit sein. In der Ferne hörten sie einen Hund bellen."

Das Hundegebell kam immer näher. Aber der Wald musste bald zu Ende sein. Dann konnten diejenigen, die Nastasic um Hilfe gebeten hatte, auch nicht mehr weit sein. Aber was würde dann mit ihr geschehen. Dann brauchte er sie nicht mehr. Sie war dann lediglich Ballast für ihn und so ohne Weiteres laufen lassen, konnte er sie wohl auch nicht. Automatisch wurden ihre Schritte langsamer.

Sie spürte, wie der kalte Stahl sich in ihre Rippen bohrte. „Mach voran!", befahl er. „Es ist gleich zu Ende.

Leyendecker sah aus dem Fenster von „Nannchens Haus". Wieder einmal hatte sich seine Ahnung als richtig herausgestellt. Auf sein Näschen war eben Verlass, auch wenn Ulla das Näschen despektierlich als Zinken bezeichnete.

Dahinten kamen sie. Sie sahen recht zerfleddert aus. Der Mann schien am Bein verletzt zu sein und stützte sich auf die junge Frau. Die machte auch den Eindruck, als würde sie jeden

Moment zusammenbrechen. Außerdem glaubte er zu erkennen, dass die Frau im Gesicht verletzt war. Auf einmal stutzte er. Natürlich, er kannte die Frau. Das war Anna, Höbels Freundin. Was zum Teufel hatte die hier zu suchen? Ob Höbel davon wusste? Aber diese Fragen mussten auf später verschoben werden.

Leyendecker griff zum Handy und gab Anweisung, dass alle Einsatzfahrzeuge nach hier beordert würden. Man sollte aber auf den Einsatz der Sirenen verzichten.

Er befand sich buchstäblich in der Zwickmühle. Einerseits predigte er immer, dass Eigensicherung oberste Priorität habe. Er war allein und hatte somit keine Rückendeckung. Und natürlich hatte er wieder einmal keine Schutzweste mitgenommen. Es war schon erstaunlich, dass er seine Walther eingesteckt hatte, lag die doch die meiste Zeit in seinem Schreibtisch, wenn er sie einmal brauchte.

Andererseits war es sehr wahrscheinlich, dass die Streifenwagen nicht rechtzeitig eintreffen würden, bevor Nastasic mit seiner Geisel zu seinen Komplizen ins Auto stieg, denn die hatte er zweifellos nach hier bestellt.

Er zögerte nur kurz. Eigentlich hatte er nicht wirklich gezweifelt. Nachdem er der Hausherrin eingeschärft hatte, auf keinen Fall das Haus zu verlassen und von den Fenstern wegzubleiben, ging er nach draußen.

Anna war am Ende ihrer Kräfte. Aber schlimmer noch war die Ungewissheit, was mit ihr geschehen würde, wenn sie nicht mehr benötigt würde. Es konnten nur noch ein paar Minuten sein, bis die angeforderte Hilfe sie erreichte. Nastasic hatte am Waldrand noch telefoniert. Offenbar hatte man ihm grünes Licht gegeben.

Falls sie die Hoffnung hatte, dass die Polizei hier auf sie wartete, wurde sie enttäuscht. Weit und breit war niemand zu sehen. Die Straße wirkte wie ausgestorben. Da ging die Haustür des einsamen Hauses auf, und ein Mann trat heraus. Als der sich ihnen zuwandte, erkannte sie Leyendecker.

Am liebsten hätte Anna vor Freude laut aufgeschrien, der Albtraum schien doch noch ein gutes Ende zu finden. Aber sie musste ruhig bleiben, ihr Begleiter durfte keinen Verdacht schöpfen.

Doch es war schon zu spät. Man behauptet ja oft, dass die Instinkte einiger Verbrecher so geschärft sind, dass sie Polizeibeamte sofort erkennen. Vermutlich gehört das ins Reich der Fabeln und Märchen. Aber Nastasics Reaktion gab diesem Klischee recht. Möglicherweise hatte ihn auch eine unbewusste Reaktion Annas aufmerksam gemacht.

Nastasic richtete seine Pistole auf Leyendecker: „Nehmen Sie sofort die Hände über den Kopf, und rühren Sie sich nicht von der Stelle! Machen Sie schon! Ich schieße sofort."

Damit war Leyendeckers Plan von einem Überraschungsangriff schon einmal gescheitert. Einen Plan B hatte er allerdings nicht. „Meinen Sie mich?", stellte er sich zunächst einmal dumm.

„Sehen Sie sonst noch jemand? Sofort die Hände hoch!"

Leyendecker blieb nichts anderes übrig, als dem Befehl Folge zu leisten. So langsam schien es an der Zeit, Farbe zu bekennen. „Ganz ruhig", versuchte er zu beschwichtigen. „Sie kommen hier nicht mehr weg. Die Kollegen werden in wenigen Augenblicken hier sein. Geben Sie auf. Noch ist nichts Ernsthaftes passiert. Machen Sie es nicht noch schlimmer."

Selbstverständlich war Nastasic diesen Argumenten nicht zugänglich. Er wirkte wie ein in die Enge getriebenes, erschöpftes Tier. In diesem Zustand war er unberechenbar. Er hielt seine Pistole an Annas Schläfe. „Holen Sie mit zwei Fingern Ihre Waffe hervor und werfen sie herüber! Aber ganz langsam. Keine Fisimatenten, sonst war's das für die junge Dame."

„Schon gut, ich tu ja, was Sie sagen", versuchte er die Situation zu entschärfen und griff in seine Jacke. Da bellte am Waldrand ein Hund. Zwei uniformierte Beamte und ein Zivilist mit Schäferhund waren zu sehen.

Nastasic war einen Augenblick abgelenkt. Unwillkürlich richtete er die Pistole in Richtung der Neuankömmlinge.

Das nutzte Anna, um ihm kräftig gegen das verletzte Bein zu treten.

Der Verbrecher heulte auf.

Dieser kurze Moment genügte Leyendecker. Die Automatismen, die er einmal gelernt hatte, verselbstständigten sich. In einer fließenden Bewegung zog er seine Walther und feuerte.

Die Kugel traf Nastasic mitten in die Stirn. Er war bereits tot, als er den Boden erreichte.

Leyendecker sprang vorwärts und ergriff die zu Boden gefallene Waffe des Verbrechers. Sein Griff an dessen Schlagader, um festzustellen, ob er noch lebte, war überflüssig.

Anna stand da und schrie. Da war auch schon der herbeigeeilte Berger bei ihr und drückte sie an seinen massigen Körper. „Schon gut, Mädchen", beruhigte er sie. „Es ist alles vorbei."

Leyendecker griff zum Handy, um den Notarzt zu verständigen. Er sah einen VW-Golf mit Frankfurter Kennzeichen, der in ihre Richtung fuhr. Als der Fahrer das Szenario bemerkte, bremste er, legte den Rückwärtsgang ein und war kurz darauf verschwunden.

Plötzlich wimmelte es von Einsatzfahrzeugen. Der Notarzt, der auch bald danach eintraf, nahm Anna mit. Die Wunde an ihrer Wange musste versorgt werden. Weitaus schlimmer war allerdings der Schock, unter dem sie stand. Sie war außerstande, ein Wort von sich zu geben und zitterte am ganzen Körper.

Nastasics Leichnam blieb zurück und wurde not-
dürftig abgedeckt. Man wartete auf die Männer
mit dem Zinksarg.

Die Spurensicherung musste wieder einmal
nach Hachenburg kommen.

Leyendeckers Einsatz der Schusswaffe musste
natürlich untersucht werden, aber es bestanden
kaum Zweifel, dass der gerechtfertigt war.

„Das hätte ich dir gar nicht zugetraut, alter
Mann", scherzte Berger. „Wann warst du eigentlich zum letzten Mal beim Schießtrainig?"

„Ich kann mich nicht erinnern", antwortete
Leyendecker, der jetzt erst merkte, dass seine
Hände zitterten. Gott sei Dank war die Angele-
genheit glimpflich ausgegangen.

Kapitel 11

Niemand war zunächst in der Lage, die Ereignisse richtig einzuordnen. Ulla fuhr ins Krankenhaus, um zumindest einige Informationen von Anna zu erhalten. Hier wurde sie jedoch vertröstet. Die junge Frau sei traumatisiert und könne derzeit nicht vernommen werden.

In dem kleinen Koffer, den Nastasic mit sich führte, fand man einen Laptop und ein Kuvert von annähernd zehntausend Euro Bargeld. Der Laptop war passwortgeschützt, aber vermutlich würden die Spezialisten bald Zugriff auf die Dateien haben.

Höbel war ebenfalls ins Krankenhaus gefahren. Genau wie Ulla wurde ihm der Zugang zu Anna verweigert, sodass er recht bald bei der Ziegelhütte auftauchte. Er wirkte recht zerknirscht. „Tut mir leid. Ich hätte damit nicht hinterm Berg halten sollen", erklärte er gegenüber Leyendecker.

Leyendecker sah das genauso. Er wusste natürlich nicht, ob Anna auf Veranlassung Höbels dort ermittelt hatte. Wenn das so war, gehörte der junge Mann nachdrücklich an seine Pflichten als Polizeibeamter erinnert. Ein Verweis würde da wohl nicht ausreichen. Aber selbst wenn das alles von Anna ausgegangen wäre, hätte Höbel das unterbinden müssen, egal ob seine Anna nun sauer war oder nicht. „Das ist sehr richtig", bestätigte er. „Was haben Sie sich nur dabei gedacht? Wie konnten Sie die junge Frau nur dieser Gefahr aussetzen? Was wollte die überhaupt da? Und erzählen Sie nicht, es sei ein ganz normaler Job gewesen. Das glaubt Ihnen nämlich kein Mensch."

„Ich weiß, ich habe Mist gebaut", zeigte sich Höbel einsichtig. „Sie hat sich eingebildet, etwas über Lisa Sommers Tod herauszufinden. Ich habe versucht, ihr den Blödsinn auszureden. Aber Sie wissen doch auch, wie die Frauen manchmal so sind. Wenn die sich was in den Kopf gesetzt haben, sind sie nicht davon abzubringen."

Das verstand Leyendecker durchaus. Ähnliche Probleme hatte er hin und wieder auch mit Ulla, trotzdem lag der Fall hier anders. Ulla war eine erfahrene Polizeibeamtin und kein junges Mädchen. „Bei Anna kann man das mit etwas gutem Willen als jugendlichen Leichtsinn verbuchen. Trotzdem hätten Sie das verhindern müssen, auch wenn sie eine Zeit lang geschmollt hätte. Da hätten Sie einfach mehr Rückgrat zeigen sollen.

Wie dem auch sei, ich bin nicht Ihr Vorgesetzter. Die Koblenzer Kollegen werden eins und eins zusammenzählen, wenn sie den Bericht lesen. Sie werden nicht umhin kommen, sich denen zu offenbaren. Je eher Sie das machen, desto glimpflicher kommen Sie wahrscheinlich davon. Sie sind noch jung. Den Kopf wird man

Ihnen vermutlich nicht abreißen. Aber dafür gerade stehen müssen Sie natürlich."

Höbel war fest entschlossen, das diesmal nicht aufzuschieben. Die dramatischen Ereignisse um Anna waren ihm eine Lehre.

Leyendecker wartete noch auf die Ankunft der Spurensicherung. Dann fuhr er zur Dienststelle zurück. Dort klingelte unaufhörlich das Telefon. Eine Vielzahl von Pressevertretern versuchte, Informationen aus erster Hand zu erhalten. Die normale Arbeit auf der Dienststelle stand praktisch still. Leyendecker bat, keinen der Anrufer zu ihm durchzustellen, sondern lediglich zu erklären, dass die Angelegenheit untersucht würde. Das gelte auch für die Vertreterin eines Kölner Boulevardblattes. Danach versuchte er, soviel Normalität wie möglich in den Alltag zurückzubringen. Insbesondere die Streifenwagen mussten wieder ihre gewohnten Runden fahren.

Die Unsicherheit nagte an Saskia Kellers Nerven. Was hatte er mit ihr vor? Wie lange wurde sie schon hier gefangen gehalten? Ewig konnte das doch nicht so weiter gehen. So langsam verlor sie jegliches Zeitgefühl. Eigentlich behandelte er sie ja gar nicht so schlecht, immer davon abgesehen, dass er sie hier gefangen hielt. Er machte den Eindruck, dass er durchaus ein schlechtes Gewissen hatte und dass ihm das alles selbst zuwider war. In gewissen Abständen versorgte er sie mit Wasser und Nahrung. Gelegentlich brachte er auch ein paar Zeitschriften mit. Gestern hatte er sogar einen Eimer Wasser, Waschzeug und frische Wäsche gebracht. Aber nie hatte er irgendwelche Fragen von ihr beantwortet.

Lediglich heute Morgen hatte er sich kryptisch ausgedrückt: „Es ist etwas geschehen. Es kann sein, dass das hier bald alles zu Ende ist. Du musst etwas Geduld haben." Aber ihre Nachfragen hatte er dann wieder abgeblockt.

Beruhigt hatte das sie nicht gerade, sondern ihre Verunsicherung noch gesteigert.

Leyendecker hatte in Zusammenarbeit mit den Koblenzer Kollegen einen Durchsuchungsbeschluss für das Burggartenhotel beantragt. Es hatte durchaus etwas Zeit gebraucht, bis man dem Ersuchen nachgekommen war.

Er machte sich keine großen Hoffnungen. Es war genug Zeit vergangen, um etwaige Spuren zu beseitigen. Aber man sollte ja nichts unversucht lassen.

Natürlich ließen er und Ulla es sich nicht nehmen, an dieser Durchsuchung teilzunehmen.

Lemur schien nicht überrascht zu sein, als er ihnen die Tür öffnete. Offenbar hatte er sie erwartet. „Kommen Sie herein", sagte er in lockerem Ton. „Wir haben hier nichts zu verbergen. Aber nehmen Sie bitte Rücksicht auf unsere Privatsphäre, und machen Sie kein allzu großes Durcheinander."

Leyendecker empfand das schon wieder als Provokation. Natürlich hatte der einen Menge zu verbergen. Aber er saß immer noch auf dem hohen Ross. Oder war das alles nur gespielt? Wie dem auch sei, Leyendecker war sich sicher, diesen Kerl bald auf den Boden der Tatsachen zu holen.

Auf den ersten Blick war nichts Verdächtiges zu finden. Als die Männer die Ordner im Büro in große Plastikbehälter packten und begannen, sie nach draußen zu tragen protestierte Lemur. „Das sind wichtige Unterlagen. Dürfen Sie das überhaupt?"

„Seien Sie versichert, dass wir das dürfen", belehrte Leyendecker ihn. „Wir werden sie uns ansehen. Wenn sich keine Beweismittel finden, erhalten Sie das alles zurück."

Bevor die Sachen verladen wurden, blätterte Leyendecker sie oberflächlich durch. Die meisten Sachen schienen uninteressant zu sein. Aber er fand einen Darlehnsvertrag über achthunderttausend Doller. Abgewickelt wurde der von einer luxemburgischen Bank. Darlehnsgeber war eine Holding, die ihren Sitz in Panama hatte. Das war also das Anfangskapital, das Lemur für die Gründung seiner Vereinigung benötigt hatte. Es war nicht schwer zu erraten, dass etwaige Nachforschungen ins Leere laufen würden. Ob hier Lemurs Schwarzgeld gewaschen wurde, das er vor seiner Inhaftierung gebunkert hatte, oder ob er das Kapital von Dritten erhalten hatte, daran

162

würden sich wahrscheinlich die Fachleute die Zähne ausbeißen.

Er rief Lemur zu sich und zeigte ihm die Unterlagen. „Können Sie mir hierzu etwas sagen?"

„Da steht doch alles drin. Ansonsten sind das Geschäftsgeheimnisse", erhielt er lapidar als Antwort.

Leyendecker ärgerte sich, dass er diesem Kerl erneut die Möglichkeit geboten hatte, ihn von oben herab zu behandeln. Am liebsten hätte er ihm gleich Handschellen angelegt, aber dazu benötigte er leider Beweise. Er hoffte dringend, dass sie diese bald finden würden.

Anna konnte nun doch vernommen werden. Sie hatte darum gebeten, dass dies nicht durch Höbel erfolgen sollte. Das wäre aber ohnehin nicht der Fall gewesen, da dieser nun mal in die Angelegenheit verstrickt war.

Leyendecker war der Ansicht, von Frau zu Frau sei es möglicherweise für Anna einfacher. Also blieb nur noch Ulla.

Wenn Anna nun wirklich traumatisiert gewesen wäre, warum hatte man sie nicht in eine Spezialklinik verlegt? Dieser Gedanke ging Ulla durch den Kopf, als sie das DRK-Krankenhaus betrat. Vermutlich hatte man der jungen Frau nur etwas Schonzeit verschaffen wollen.

Als Ulla klopfte, hörte sie gleich zwei Stimmen, die sie hereinbaten.

„Das ist Frau Stein. Sie ist von der Polizei", erklärte Anna ihrer Bettnachbarin.

„Dann lasse ich euch besser allein." Die dunkelhaarige Frau von etwa vierzig Jahren schlüpfte in ihre Hausschuhe, zog einen weißen Morgenmantel über und ging nach draußen.

Anna sah bemitleidenswert aus. Die Wunde hatte man zwar genäht, aber die Wange war immer noch geschwollen. Annas dunkle Augenhöhlen betonten das bleiche Gesicht. Sie bemühte sich um ein Lächeln als Ulla ihr die Hand reichte, aber es kam nur ein verzerrtes Grinsen dabei heraus.

„Wie geht es Ihnen?", erkundigte sich Ulla, nachdem sie einen Stuhl neben das Bett gestellt und sich hingesetzt hatte.

„Wie soll es mir schon gehen. Aber ich muss wohl von Glück sagen, dass ich noch am Leben bin. Das war alles eine Riesendummheit."

Ulla konnte diese Aussage nur bestätigen. Aber die junge Frau hatte genug dafür gebüßt. „Es ist ja nun alles vorbei. Was ist denn nun geschehen. Dass Sie dorthin sind, um etwas über den Tod dieser Frau zu erfahren, weiß ich ja. Aber wie kam es dazu, dass dieser Nastasic mit Ihnen diese abenteuerliche Flucht hingelegt hat?"

„Nastasic hieß der also. Ich kannte bisher nicht einmal seinen Namen. Das war so: Die Teilnehmer des Seminars, oder wie man das auch immer nennen soll, suchten alle einzeln diesen Mann in Lemurs Büro auf. Das kam mir seltsam vor. Überhaupt schien der Mann dort deplatziert. Er passte einfach nicht zu den anderen.

Ich habe versucht, mitzubekommen, um was es bei diesen Gesprächen ging. Also habe ich an der Tür gehorcht. Irgendwie muss er auf mich aufmerksam geworden sein, denn er stand plötzlich vor mir und richtete eine Pistole auf mich. Da wurde mir auch schon schwarz vor Augen."

„Einfach so, oder hat er Sie irgendwie betäubt?", fragte Ulla.

„Ich glaube nicht. Vermutlich war es nur die Aufregung. Als ich dann wieder zu mir kam, lag ich gefesselt in dem Büro. Er kam dann später, hat die Fesseln durchgeschnitten und mich gezwungen, in seinen Wagen zu steigen. Als dann der Streifenwagen vor uns hielt, ist er völlig ausgerastet. Den Rest wissen Sie ja."

„Hat Nastasic das alles alleine gemacht?", hörte Ulla nach.

„Da muss ja noch einer in dem Büro gewesen sein. Aber ich habe von dem nichts mehr mitbekommen."

„Und Lemur? Wo war der?"

„Den habe ich die ganze Zeit nicht gesehen."

„Kaum vorstellbar, dass der das alles nicht mitbekommen hat. Aber leider können wir ihm das nicht beweisen", bedauerte Ulla. „Haben Sie eigentlich irgendetwas von dem Gespräch da drinnen mitbekommen?

„Leider nein. Ich war ja kaum an der Tür, da stand er auch schon vor mir."

Ulla stand auf und gab Anna die Hand. „Ich lasse Sie dann mal wieder allein. Ich werde mich die nächsten Tage noch einmal bei Ihnen melden. Falls Sie mir noch etwas sagen möchten, rufen Sie mich an." Sie hätte gerne Anna noch etwas Aufmunterndes gesagt, aber diese Durchhalteparolen bewirkten sehr oft das Gegenteil von dem, was mit ihnen bezweckt wurde. Deshalb verabschiedete sie sich ohne viel Aufhebens.

Auf der Dienststelle erwartete Leyendecker sie bereits. „Man kann inzwischen die Dateien lesen."

Ulla wusste, dass damit nur die Dateien in Nastasics Computer gemeint sein könnten. „Ich hoffe, man hat etwas für uns Interessantes gefunden."

„Ich denke schon. Komm doch in mein Zimmer. Wir holen Höbel dazu und besprechen das alles gemeinsam."

Leyendecker berichtete, dass man eine Datei gefunden habe, in der in regelmäßigen Abständen Einnahmen eingetragen wurden. Die Summe der letzten Eintragungen stimmten mit dem gefundenen Geld in Nastasics Koffer überein. Leider enthalte diese Liste keine Namen, sondern lediglich irgendwelche Schlüssel.

„Ich glaube, da brauchen wir uns keine großen Gedanken zu machen", meldete sich Ulla. „Die Schlüssel stehen für die Teilnehmer der Seminare." Sie berichtete von dem Gespräch mit

Anna und dass die Teilnehmer jeweils einzeln Nastasic im Büro aufgesucht hätten.

„Wie geht es Anna?", erkundigte sich Höbel kleinlaut.

„Ich glaube, sie ist noch ganz schön durch den Wind, was ja auch kein Wunder ist", erläuterte Ulla.

„Sie will ja nicht, dass ich sie besuche. Ob ich es trotzdem mal versuche?"

„Das halte ich für keine so gute Idee", erklärte Ulla. „Ich glaube, sie hat ein schlechtes Gewissen. Außerdem ist ihr Gesicht noch ganz verschwollen. Sie will sicher nicht, dass Sie sie so sehen."

„Fassen wir doch einmal zusammen, was wir da haben", sagte Leyendecker. „Nastasic hat von den Teilnehmern Geld kassiert. Wofür ist das Geld wohl gewesen? Erpressung oder eine Art Schutzgeld? Wohl kaum. Das wären doch vermutlich immer feste Summen gewesen, aber wie ersichtlich, sind die abgelieferten Beträge unregelmäßig. Kassierte er irgendwelche Anteile, vielleicht an den Kursgebühren? Irgendwie erinnert mich das alles an diese organisierten Bettler, die unsere Fußgängerzonen bevölkern, die ihre Beute auch den Hintermännern ausliefern müssen."

„Vielleicht haben die etwas verkauft und mussten davon Anteile abliefern, oder sie bezahlten diesem Nastasic irgendwelche Lieferungen", nahm Höbel an.

„Das ist wohl die wahrscheinlichste Erklärung", bestätigte Ulla. „Und das waren sicher nicht Lemurs Bücher. Ich glaube, wir können davon ausgehen, dass es um irgendetwas Illegales ging. Hehlerware oder Rauschgift."

„Gehen wir mal davon aus, dass das zutrifft", fand Leyendecker. „Da benutzt jemand diese Gemeinschaft, um etwas Illegales zu vertreiben. Wie passt Lemur darein? Er ist ja schließlich der Chef von dem Haufen."

„Wenn ich Anna richtig verstanden habe, war Lemur, wenn überhaupt, nur am Rande beteiligt. Da hatte dieser Nastasic eindeutig das Sagen. Da hast du völlig recht. Es muss einen Grund geben, warum Lemur das zugelassen hat", meinte Ulla.

„Dem blieb wohl nichts anderes übrig", fand Leyendecker. „Ich glaube, ich weiß auch warum. Wir haben doch diesen Darlehnsvertrag gefunden. Lemur hat also tatsächlich Fremdkapital benötigt. Das hat er aber nur erhalten, wenn er im Gegenzug seine Organisation zur Verfügung stellt."

„Zugegeben, diese Überlegungen haben etwas für sich", erklärte Höbel. „Und was machen wir jetzt? Die Durchsuchung hat nichts ergeben, und die werden doch jetzt noch vorsichtiger agieren."

„Ja, was machen wir jetzt? Da bin ich auch überfragt", sagte Leyendecker. „Einen Durchsuchungsbeschluss für alle Zentren werden wir mit Sicherheit nicht bekommen. Und kommen Sie mir ja nicht mit der Idee, da undercover jemand einzuführen, Herr Höbel, die Aktion mit Anna hat gereicht."

„Obwohl, der Gedanke wäre eine Überlegung wert", fand Ulla.

Das kommt überhaupt nicht infrage", widersprach Leyendecker kategorisch. „Außerdem würde das unsere Zuständigkeit weit übersteigen, und ob Herr Höbel den Koblenzer Kollegen diese Idee schmackhaft machen kann, wage ich doch sehr zu bezweifeln. Davon, diesen Lemur mal richtig in die Mangel zu nehmen, verspreche ich mir auch nicht allzu viel. Der wird hier mit einem Anwalt auftauchen und kein Wort sagen. Vorläufig bleibt uns nichts anderes übrig, als aufmerksam zu beobachten, wie das alles weitergeht und darauf zu hoffen, dass die sich irgendeine Blöße geben."

„Und, was meinen Sie? Haben wir den Mörder von Lisa Sommer?", fragte Höbel. „War es dieser Nastasic?"

Leyendecker zuckte die Schultern. „Es spricht viel dafür, aber so richtig kann ich nicht daran glauben."

Kapitel 12

„Wir haben mit Ihnen zu reden", sagte der ältere der beiden Männer und drängte Lemur in den Flur. Sein Begleiter folgte und schloss die Tür. „Geht es da in Ihr Büro? Schließen Sie auf! Das, was wir zu besprechen haben, ist nicht für jedermanns Ohren bestimmt."

Natürlich konnte sich Lemur denken, aus welchem Grund die zwei da waren, aber schließlich befanden sie sich in seinem Haus, und da schien es ihm angebracht, dass sie weniger forsch auftraten. „Was soll das …?", versuchte er zu protestieren.

„Geschenkt", schnitt ihm der Mann das Wort ab und lies sich vor Lemurs Schreibtisch nieder. Sein Compagnon tat es ihm gleich. „Nun setzen Sie sich schon. Wir haben nicht ewig Zeit", knurrte er.

Lemur folgte der Aufforderung. „Was wollen Sie? Kommen Sie von …?"

„Wieder schnitt der Mann ihm das Wort ab. „Wir nennen nie Namen. Wer weiß, wer da alles mithört. Es wäre ja nicht das erste Mal. Wir sind gekommen, um Sie zu fragen, wie Sie sich unsere weitere Zusammenarbeit vorstellen."

Lemur holte tief Luft. Dann antwortete er zögerlich: „Ich glaube, wir sollten die Sache zunächst ruhen lassen, bis etwas Gras darüber gewachsen ist. Die Polizei hat hier eine Hausdurchsuchung durchgeführt. Sie haben zwar nichts gefunden, aber das kann jederzeit wieder geschehen."

„So, so, Sie meinen also, es sei das Beste, die Angelegenheit zunächst ruhen zu lassen. Für wie lange, wenn ich fragen darf?"

„Das weiß ich auch nicht. Bis halt Gras über die Sache gewachsen ist."

Der Fremde beugte sich drohend über den Schreibtisch. „Und über unser Geld wächst auch Gras? Wir haben einen Vertrag. Sie gefährden diesen Vertrag, indem Sie sich diese Laus in den Pelz haben setzen lassen und wollen jetzt seelenruhig abwarten, vielleicht bis zu Sankt-Nimmerleins-Tag? Wenn Sie aus dem Vertrag aussteigen wollen, wird das Geld sofort fällig. Sie haben zwei Wochen Zeit."

„Wo soll ich so schnell soviel Geld hernehmen? Sie wissen genau, dass ich das nicht habe", jammerte er.

„Das ist nicht unser Problem. Wir können sehr ungemütlich werden, wenn Verträge nicht eingehalten werden."

„Was soll ich denn machen. Wir stehen doch mit Sicherheit unter Beobachtung. Wenn wir auffliegen, kann das doch auch nicht in Ihrem Interesse sein."

„Dann lassen Sie sich eben etwas einfallen. Oder warten Sie. Ich sage Ihnen, wie Sie es machen. Ihre Jünger freuen sich doch vermutlich, wenn Sie sie besuchen. Ich schlage vor, Sie persönlich suchen zweimal im Monat jedes einzelne Zentrum auf. Dabei liefern Sie die Ware aus und rechnen ab."

„Ich weiß nicht", zögerte Lemur.

„Ihnen bleibt keine Wahl." Die beiden Männer erhoben sich. „Mein Kollege wird Ihnen die Wahl etwas erleichtern."

Der zweite Mann zog Lemur aus seinem Schreibtischsessel hoch und schlug ihm zweimal kräftig in den Magen.

„Bleiben Sie ruhig sitzen, wir kennen den Weg."

Lemur wollte noch etwas sagen, doch er konnte lediglich nach Luft japsen.

Man hatte Höbel nach Koblenz zitiert. Wie erwartet, musste er ein gewaltiges Donnerwetter über sich ergehen lassen. Letztlich würde es nur einen Verweis geben, der in die Personalakte aufgenommen wurde. Dass Anna die gesamte Schuld auf sich genommen hatte, hatte sich mildernd ausgewirkt.

Höbel trat nach draußen und atmete tief durch. Er war durchaus erleichtert. Es hätte weitaus schlimmer für ihn kommen können. Er war noch einmal mit einem blauen Auge davongekommen.

Sein Smartphone meldete sich. Die Nummer kam ihm bekannt vor.

„Darf ich Sie einen Augenblick stören?", fragte Gabi Stern.

Der Tag hatte also auch Erfreuliches zu bieten. Waren Sie nicht schon beim Du gewesen? Aber nein, er war ja nicht darauf eingegangen. „Hallo Frau Stern, schön von Ihnen zu hören. Sie stören nicht. Was kann ich denn für Sie tun?", antwortete er aufgekratzt.

„Ich wollte mich noch einmal bei Ihnen erkundigen, ob Sie irgendwas von Saskia gehört haben?"

„Tut mir leid, leider nein. Zumindest habe ich nichts Neues gehört. Wissen Sie, ich bin nicht so nahe an dem Fall. Eigentlich bearbeitet den ein anderer Kollege. Ich habe damals untersucht, ob es Parallelen zu einem anderen Fall hier in Hachenburg gibt."

Sie zögerte einen kurzen Moment und sagte schließlich. „Da kann man nichts machen."

„Halt warten Sie. Wie es der Zufall will, bin ich gerade hier in Koblenz, und da kommt mir spontan eine Idee. Wie wäre es, wenn wir uns treffen würden?"

„Das passt mir gut. Ich hätte Zeit." Sie klang wirklich erfreut.

„Unser alter Treffpunkt? Einundzwanzig Uhr", schlug er vor.

„Ich freue mich, dann bis nachher."

Irgendetwas sagte ihm, dass er sich nicht schon wieder in eine Beziehung stürzen sollte. Dann aber fand er, dass nichts dagegen sprach, mit einer hübschen Frau auszugehen. Es musste ja nicht gleich eine Beziehung werden.

Am Abend machte er sich etwas früher auf den Weg. Er hatte, seit der letzte Fall abgeschlossen war, nichts mehr von dem jungen Mann gehört, der als Türsteher im Agostea arbeitete. Durch ihn hatte er damals Kenntnis von illegalen Faustkämpfen erhalten.

Kevin kontrollierte immer noch die Besucher des Tanzlokals. Um diese Uhrzeit hatte er nicht viel zu tun, sodass er Höbel gleich bemerkte, als der sich näherte.

Höbel war sich nicht sicher, wie der Türsteher reagieren würde, denn schließlich hatte er ihm damals zunächst verschwiegen, dass er Polizeibeamter war.

Aber Höbels Befürchtung war unbegründet. Kevin erkannte ihn sofort wieder. Er kam lächelnd auf ihn zu und reichte ihm die Hand. „Ich freue mich wirklich, dich wiederzusehen. Ich hoffe, du bist nicht wieder undercover unterwegs."

„Keine Angst, mein Besuch ist rein privat. Ich war einfach neugierig, wie es dir geht."

„Mir geht es ausgezeichnet. Ich glaube, es war gut, dass die Sache damals aufgeflogen ist. Das hier mache ich nur noch nebenbei. Ich gehe wieder zur Schule. Ich habe die Absicht, nach dem Abitur Kunstgeschichte zu studieren."

„Das studieren doch fast nur Frauen."

Kevin lachte. „Das ist doch kein Hinderungs-grund, ganz im Gegenteil. Ich denke, das wird mir gefallen."

„Ich freue mich, dass es dir gut geht." Höbel klopfte seinem Gegenüber auf die Schulter. „Ich muss dann mal. Ich habe noch eine Verabredung. Aber wir müssen unbedingt noch einmal ein paar Bier miteinander trinken. Ich melde mich. Ver-sprochen."

Sie stand schon bei dem Denkmal und wartete.

„Tut mir leid, wenn ich zu spät komme", sag-te Höbel, nachdem er sie begrüßt hatte."

„Du bist nicht zu spät, ich war etwas früh", wehrte sie ab.

„Der Abend ist noch lang. Was fangen wir denn nun damit an?", fragte er.

„Ich habe Hunger und Durst. Nachdem wir gesprochen haben, habe ich das Essen in der Mensa ausfallen lassen."

„Was schlägst du vor?", erkundigte er sich.

„Wie wär's mit dem Da Vinci."

Höbel wurde ganz schummerig. Das Da Vinci war ein französisches Nobellokal. Die Rechnung würde eine erhebliche Lücke auf seinem Bank-konto hinterlassen.

„Das war ein Scherz", lachte sie. „Dafür sind wir beide auch nicht geeignet gekleidet. Mir ist eher nach etwas Deftigem."

„Tun wir mal so, als seien wir Touristen. Was hältst du vom Alten Brauhaus in der Braugasse?"

„Warum nicht. Dort war ich schon lange nicht mehr."

Das Alte Brauhaus war recht gut besucht, aber es war kein Problem, zwei freie Plätze zu finden. Der Kellner kam auch gleich und brachte die Speisekarten.

„Ich schlage vor, wir trinken erst einmal ein frisches Bier."

„Oh ja. Ein frisches Bier käme gerade recht", bestätigte Gabi.

Mit den Worten. „Kommt sogleich", verschwand der Kellner.

Gabi blätterte in der Speisekarte. „Eine ganz schöne Auswahl haben die hier. Man kann sich kaum entscheiden, aber ich glaube, ich nehme das Putensteak mit Curryrahmsoße und dazu einen kleinen Salat."

„Dann nehme ich den Sauerbraten mit Knödeln. Einen Salat brauche ich nicht, es gibt ja Rotkohl dazu. Sauerbraten habe ich schon ewig nicht mehr gegessen, den gab´s früher immer zu Weihnachten."

Da kam der Kellner auch schon und stellte zwei große Bier auf den Tisch. „Haben Sie schon gewählt?", erkundigte er sich.

Hobel bestellte das Putensteak und den Sauerbraten. Dann lehnte er sich zurück und prostete Gabi zu.

Er sah ihr tief in die Augen.„Prost Gabi. Auf einen schönen Abend."

„Prost Lars", erwiderte sie. „Ich bin sicher, den werden wir haben. Sie nahm einen großen Schluck. Das Pils war gut gekühlt und schmeckte ausgezeichnet.

Das große Lokal hatte sich in der Zwischenzeit immer mehr gefüllt und der Lärmpegel schwoll ständig an.

Das Essen kam zügig, und der Sauerbraten schmeckte Lars fast so gut, wie er ihn von zu Hause in Erinnerung hatte.

Sie hatten fast aufgegessen, als Gabi sagte: „Sieh mal, das muss der Mann sein, von dem der Wirt des Pubs gesprochen hat."

Dann sah Lars den Mann mit dem goldenen Halstuch ebenfalls. Er ging durch die Reihen und hielt eine Broschüre des *Neuen Lichts* in der linken Hand.

„Den sehe ich mir mal näher an", sagte Lars.

„Ich komme mit", meinte Gabi.

Das hätte Höbel gerade noch gefehlt. Wieder eine junge Frau, die sich in die Polizeiarbeit einmischte. „Willst du, dass man uns wegen Zechprellerei anzeigt? Wir haben noch nicht bezahlt. Bleib einfach hier sitzen. Ich bin gleich zurück."

Der Mann mit dem Halstuch war soeben dabei, die Gaststätte zu verlassen. Höbel folgte ihm.

An der nächsten Ecke blieb der Mann stehen und sah Höbel an. „Brauchst du was?", erkundigte er sich.

Höbel nickte lediglich.

„Ich kenne dich nicht. Wie hast du von uns gehört?"

Höbel wusste nicht so recht, was er antworten sollte. „Du hast recht, es ist das erste Mal, und das spricht sich halt so herum", blieb er extra vage.

„Wie viel möchtest du? Entschuldigung, du bist ja neu. Du kannst dreißig für zweihundertfünfzig haben oder zehn für hundert."

Höbel überlegte kurz. Zweihundertfünfzig Euro hatte er gerade mal dabei, aber er konnte die Rechnung im Brauhaus ja mit Kreditkarte zahlen. „Gib mir dreißig", sagte er und holte das Geld hervor.

Der Mann nahm die fünf Scheine und griff in seine Tasche. Zu Höbels Erstaunen kramte er ein noch in Folie verschweißtes Taschenbuch hervor. Es war das gleiche, das Leyendecker von diesem Lemur erhalten hatte. Er hatte es einmal mit zur Arbeit gebracht und Höbel gezeigt.

Höbel ließ sich sein Erstaunen nicht anmerken, sondern nahm das Buch entgegen.

„Bis zum nächsten Mal", erklärte der Mann und ging weiter.

„Und? Was war los?", erkundigte sich Gabi neugierig, als er zurückkam.

„Ich habe ein Buch gekauft", berichtete Höbel und zeigte ihr Lemurs Werk. „Es hat zweihundertfünfzig Euro gekostet."

Gabi Stern schüttelte den Kopf. „Muss ich das verstehen?", fragte sie.

Höbel lachte. „Das musst du nicht verstehen. Es reicht, wenn ich es nicht verstehe. Und jetzt vergessen wir die ganze Sache für heute." Er verstaute das Buch in seiner Tasche. „Möchtest du noch ein Bier?"

„Gerne", antwortete sie. „Der Abend fängt ja erst an."

Höbel hatte Leyendecker heute Morgen angerufen und ihn gebeten, Lemurs Buch mitzubringen. Leyendecker hatte das zwar seltsam gefunden, aber nicht weiter nachgefragt.

Höbel kam etwas später und erklärte, er sei gestern in Koblenz auf eine vielversprechende Spur gestoßen. Er zog besagtes Buch aus der Tasche. „Das habe ich gestern Abend gekauft. Ich habe zweihundertfünfzig Euro dafür bezahlt", berichtete er und legte es auf Leyendeckers Schreibtisch.

„Da haben Sie aber kein gutes Geschäft gemacht. Meines war umsonst. Aber Spaß beiseite, was war los?"

„Ich hatte ja damals bei den Ermittlungen im Fall der verschwunden Saskia Keller schon gehört, dass irgendso ein Jünger in der Koblenzer Altstadt irgendwelche Sachen verkauft. Gestern habe ich ihn gesehen. Er trug das Halstuch des *Neuen Lichts.* Er kam mir irgendwie seltsam vor. Ich habe ihn angesprochen, und er hat mir drei-

179

ßig für zweihundertfünfzig angeboten. Ich habe zugesagt und dieses Buch erhalten."

„Und Sie haben ihn nicht gefragt, was dreißig bedeutet? Zweihundertfünfzig bedeutet ja offenbar Euro", erkundigte sich Leyendecker.

„Ich konnte doch nicht herauskommen lassen, dass ich völlig ahnungslos war."

„Da haben Sie vermutlich recht gehabt. Also müssen wir es jetzt herausfinden."

„Ich habe mir einfach gedacht, wir vergleichen dieses Buch mit dem Ihren."

„Ob wir das Buch nicht besser gleich von den Spezialisten untersuchen lassen?", zweifelte Leyendecker zunächst. „Ach was, Sie haben mich neugierig gemacht. Packen Sie es aus", forderte er ihn auf, während er sein Buch hervorholte. „Aber wir sollten sicherheitshalber Schutzhandschuhe anziehen, vielleicht finden sich ja doch irgendwelche Spuren."

Höbel entfernte die Plastikhülle und blätterte das Buch durch. „Macht einen ganz normalen Eindruck. Vielleicht muss man die beiden Bücher Seite für Seite vergleichen."

Leyendecker reichte ihm seines herüber. „Versuchen Sie Ihr Glück."

„Da habe ich schon den ersten Unterschied, in Ihrem Buch fehlt eine Sonne."

„Sie meinen die Aufkleber. Einen habe ich schon verbraucht."

„Das sind also Aufkleber. Irgendwie sehen meine anders als Ihre aus."

„Lassen Sie mal sehen", bat Leyendecker. „Tatsächlich, im ersten Moment hätte ich die für Abziehbilder gehalten. Moment, ich zähle sie einmal durch."

„Am Schluss sind auch noch welche."

„Es sind genau dreißig. Da haben wir die Erklärung", frohlockte Leyendecker. „Das hat dreißig für zweihundertfünfzig bedeutet. Man erhält für zweihundertfünfzig Euro dreißig Sonnensymbole. Was kann denn daran so wertvoll sein?"

„Lassen Sie uns überlegen. Was macht man mit Abziehbildern. Man klebt sie irgendwo drauf. Beispielsweise scheinbare Tattoos für Kinder."

„Das muss es sein." Leyendecker war sichtlich aufgeregt. „Man klebt sie auf die Haut. Genau wie diese Schmerzpflaster, die ihren Wirkstoff langsam und kontrolliert abgeben."

„Sie meinen, in diesen Abziehbildern ist ein Wirkstoff. Das kann doch nur irgendein Rauschmittel sein. Ich glaube, wir haben die Lösung. Die Organisation des *Neuen Lichts* wurde also für die Verteilung von Rauschgift benutzt."

„Das ist die einzige vernünftige Erklärung, aber das müssen wir genau wissen. Das muss sofort von den Profis untersucht werden."

„Ich werde mich gleich darum kümmern", versprach Höbel.

Kapitel 13

Ulla war überrascht und erfreut von der neuen Entwicklung, als Leyendecker ihr berichtete, was sie vermuteten. „Endlich kommen wir voran. Wer hätte gedacht, dass Höbel die Lösung des Rätsels in Koblenz findet."

„Es löst zwar nicht das Rätsel um den Tod Lisa Sommers", stellte Leyendecker fest. „Aber ich hoffe, es bringt uns ein Stück weiter. Jedenfalls wären dann viele Fragen beantwortet, und dieser Uhrviech würde auch dazu passen."

Es war schon fast Abend, als sich Höbel bei Ulla meldete. „Ich nehme an, Herr Leyendecker hat Sie von der neuesten Entwicklung informiert?"

Ulla bestätigte das.

„Ich habe denen vom Labor etwas Dampf gemacht. Die ersten Ergebnisse liegen vor. Es handelt sich tatsächlich um Rauschmittel. Ich bin kein Chemiker, aber soweit ich die verstanden habe, wurden Alkaloide gefunden, ähnlich wie sie beispielsweise in Tollkirsche oder Stechapfel sind. Es scheint aber irgendeine exotische Art zu sein. Möglicherweise ist die Gattung auch weitgehend unbekannt. Das soll uns aber nicht weiter kümmern. Ich habe schon ein paar Leute ausgesucht. Wir werden heute Abend in der Altstadt Ausschau nach dem Dealer halten und ihn gegebenenfalls festnehmen. Drücken Sie uns die Daumen. Ich melde mich wieder bei Ihnen."

„Warten Sie, legen Sie nicht auf", bat Ulla. „Ich wäre gern dabei."

„Worauf warten Sie. Kommen Sie her, und seien Sie Gast der Kripo Koblenz."

Natürlich war völlig ungewiss, ob der Mann heute Nacht wieder unterwegs sein würde. Trotzdem spürte Höbel so etwas wie Jagdfieber. Er hatte bereits mehrfach die Gassen der Altstadt durchstreift, immer über Funk mit den anderen Kollegen verbunden. Bisher war er nicht aufgetaucht. Höbel gab ihnen noch eine Viertelstunde, dann würde er die Aktion abblasen. Dann mussten sie es halt am nächsten Abend erneut versuchen. Aber dann sah er ihn hinter einer Hausecke warten. Zwei junge Männer gingen auf ihn zu.

Höbel funkte den Kollegen: „Er ist in der Nähe der Rockbar Florinsmarkt." Er machte sich keine Mühe, sich zu verbergen, sondern ging einfach auf ihn zu.

Der Mann sah ihn. „Sieht man sich so schnell wieder?", fragte er.

Einer der jungen Burschen drehte sich um. „Du musst warten, wir waren schließlich zuerst hier."

„Damit habe ich kein Problem", erwiderte er und zeigt seinen Polizeiausweis.

Die jungen Männer schauten ihn entgeistert an. Dann stoben sie in zwei Richtungen davon.

Der Mann bekam große Augen. „Du bist ein Bulle?" Dann rannte auch er panisch davon, um kurz darauf über das Bein einer attraktiven Brünetten zu stürzen.

Bevor er sich aufrappeln konnte, waren auch schon zwei kräftige Männer da, die ihm die Arme auf dem Rücken fixierten und ihm Handschellen anlegten.

„Gut gemacht, Frau Stein", lobte Höbel. „Schließt ihn schon mal ein", bat er die beiden Kollegen. „Wir kommen sofort nach."

Der junge Mann hieß Manuel Quast. Zu Höbels und Ullas Erstaunen schien er erleichtert zu sein, dass es nun zu Ende war und er sich alles von der Seele reden konnte. Er konnte gar nicht mehr aufhören zu berichten. Er hatte auf einen Anwalt verzichtet und gab unumwunden zu, die Sonnen, wie er sie nannte, verkauft zu haben. Ein Mann namens Goran Nastasic habe ihn angeworben. Seine Tarnung sei die Gruppe des *Neuen Lichts* gewesen. Er habe das Zentrum in Koblenz geleitet. Das nötige Rüstzeug dafür habe ihm und anderen ein Charles Lemur in Wochenendseminaren beigebracht.

Auf Befragen erklärte er, dass sich Lemur kaum um den Verkauf der Sonnen gekümmert habe. Das sei Aufgabe von Nastasic gewesen, vor dem sich alle gefürchtet hätten. Zweifellos habe dies Lemur aber nicht verborgen bleiben können.

Ganz zum Erstaunen der beiden Polizeibeamten erzählte Quast am Schluss die unglaubliche Geschichte, dass eine junge Frau namens Saskia Keller ihn beim Verkauf beobachtet habe. Zu ihrer eigenen Sicherheit habe er sie weggesperrt, denn als Zeugin sei sie ihres Lebens nicht mehr sicher gewesen.

„Das muss das Haus seiner Großeltern sein", nahm Höbel an.

Der alte Hof in der Nähe von Winningen schien verlassen, aber man konnte sehen, dass sich noch um ihn gekümmert wurde.

„Parken Sie hier vorne vor dem Haus", bat er den Fahrer des Streifenwagens und nahm eine Stablampe zur Hand. „Frau Stein und ich werden nachsehen."

„Er hat gesagt, dass der alte Weinkeller in circa fünfzig Metern Entfernung liegen würde. Nicht gesagt hat er, in welche Richtung wir suchen müssen."

„Das kann doch nur in Richtung Berg gewesen sein", vermutete Ulla. „Das sind doch ehemalige Weinberge, und da führt doch ein schmaler Pfad hin."

„Da ist eine Treppe", sagte Höbel nach einer kurzen Wegstrecke. „Ich glaube, wir sind richtig hier. Der Schlüssel soll unter einem Stein liegen." Er hob einige herumliegende Steine an. Nach dem vierten wurde er fündig. „Da haben wir ihn ja schon."

Sie gingen die Treppe hinunter. Das Schloss war gut geölt und schien in letzter Zeit häufig benutzt worden zu sein.

„Wir sollten die Frau vorwarnen", schlug Ulla vor. „Sie hat genug durchgemacht. Wir wollen sie nicht noch zusätzlich erschrecken."

„Frau Keller!", rief sie. „Wir sind von der Polizei! Wir kommen jetzt rein! Es ist alles vorbei!"

Als sie die Tür aufstießen, kam eine junge Frau auf sie zugerannt und stürzte sich weinend in ihre Arme.

Für das Martyrium, das sie durchgemacht hatte, war Saskia Keller noch recht gut beieinander. Trotzdem entschlossen sie sich, sie zunächst im Bundeswehrzentralkrankenhaus untersuchen zu lassen. Ihre Zeugenaussage würden sie später aufnehmen.

Leyendecker wartete noch im Wohnzimmer, als Ulla nach Hause kam. „Wie ist es gelaufen?", erkundigte er sich.

„Ganz prima", erklärte sie, „Aber ich bin todmüde, lass uns morgen weiterreden."

Als sie am Morgen wach wurde, roch es angenehm nach Kaffee. Sie schaute auf die Uhr. Es war nach neun. Leyendecker hatte offenbar den Wecker abgestellt. Auf dem Küchentisch standen frische Brötchen.

„Bedien dich", forderte er sie auf, als sie die Küche betrat.

„Bist du nicht ins Büro gefahren?", erkundigte sie sich.

„Ich habe telefonisch Bescheid gegeben. Die können durchaus einige Stunden auf mich verzichten."

Schmeling kam durch die angelehnte Küchentür herein und sprang auf Ullas Schoß.

„Siehst du, auch der Kater bekommt mit, dass du erfolgreich warst, und dass du nicht mehr so schlecht gelaunt bist."

„Ich bin so gut wie nie schlecht gelaunt", erwiderte sie.

Leyendecker verkniff sich eine Antwort darauf. „Ich fahre jetzt ins Büro. Frühstücke in aller Ruhe, wir reden nachher weiter. Ich bin schon sehr gespannt."

Als Ulla ins Büro kam, suchte sie gleich Leyendeckers Zimmer auf. Sie berichtete ausführlich über die Vorgänge der vergangenen Nacht.

„Fantastisch", lobte Leyendecker. „Da fasst ihr einen Dealer und klärt gleichzeitig die Entführung einer jungen Frau auf. Das nennt man wohl Effektivität."

„Das hätten wir vorher auch nicht gedacht. Aber ich freue mich für Höbel, ist er durch die Aktion mit Anna doch etwas in Misskredit geraten. Mit der Befreiung Saskia Kellers sind seine Karrierechancen vermutlich wieder intakt."

„Er ist wohl in Koblenz geblieben", erkundigte Leyendecker sich. „Wird er wiederkommen?"

„So genau weiß ich das auch nicht. Das werden die Kollegen entscheiden. Er will zunächst einmal mit der entführten Frau reden. Aber viel Neues wird er da auch nicht erfahren. Dieser Quast war ja in vollem Umfang geständig. Es ist schon absurd. Entführt er diese Frau, um sie vor seinen eigenen Hintermännern zu schützen."

„Das ist wirklich verrückt", fand Leyendecker auch. „Glaubst du ihm das?"

„Ich hatte schon den Eindruck. Aber wie ein Gericht das bewertet, bleibt abzuwarten."

„Wie geht es jetzt weiter?"

„Zuerst hat man überlegt, diesen Quast unter Bewachung in Freiheit zu belassen, um bei der nächsten Übergabe der Ware zuzugreifen, aber das hat man schnell verworfen."

„Das geht wirklich nicht", bestätigte Leyendecker. „Dafür ist die Entführung eine zu schwere Straftat. Außerdem wird sich alles herumsprechen. Man kann diese Saskia Keller ja nicht zum Schweigen verdonnern. Vielleicht ist ihre Geschichte bereits morgen in einem Boulevardblatt zu lesen."

„Du könntest deiner Freundin Adler ja einen Tipp geben."

„Ich werde mich hüten. Aber Spaß beiseite. Wie geht es jetzt weiter?"

„Man will wohl Durchsuchungsbeschlüsse für sämtliche Zentren des *Neuen Lichts* beantragen."

„Ich glaube nicht, dass man so an die Hintermänner kommt", vermutete Leyendecker. „Aber eine bessere Idee habe ich auch nicht. Vielleicht wird man diesen Lemur in die Mangel nehmen, aber ich fürchte, dabei wird auch nicht viel herauskommen."

„Was bedeutet das alles jetzt für uns?", fragte Ulla. „Wird man den Fall für abgeschlossen erklären? Es ist doch naheliegend, dass dieser Nastasic auch für den Tod Lisa Sommers verantwortlich ist."

„Ich bin nach wie vor nicht davon überzeugt."

Es läutete an der Tür.

„Wer wird das um diese nachtschlafende Zeit denn noch sein", maulte Lucille.

„Geh halt nachschauen."

„Du siehst doch, dass ich dabei bin, mir die Fußnägel zu lackieren. Es wird ohnehin einer deiner dubiosen Geschäftspartner sein, Karl-Heinz."

„Das glaube ich nicht. Mit denen habe ich mich inzwischen geeinigt."

„Mach, was du willst. Du kannst es auch einfach klingeln lassen. Irgendwann wird es dem schon leid werden."

Er schlurfte brummelnd zur Haustür. Den Mann, der dort stand, hatte er noch nie gesehen. „Was wollen Sie?", herrschte er ihn an.

„Sie sind also Charles Lemur, der Gründer und Anführer des Neuen Lichts."

„Der bin ich", bestätigte Lemur. „Ich frage Sie noch einmal, was Sie von mir wollen." Dann sah er das Messer in der Hand des Besuchers. „Sind Sie verrückt geworden? Nehmen Sie das Messer weg!"

Er nahm zwei dumpfe Schläge gegen seinen Oberkörper wahr. Als er nach unten blickte, sah er, wie das Blut aus zwei Wunden in seiner Brust strömte.

Leyendecker war im Bad, als das Telefon klingelte. Ulla war ja da und würde wohl das Gespräch annehmen. Dann hörte er nur, wie Ulla rief: „Man hat Charles Lemur niedergestochen." Als Leyendecker aus dem Bad kam, vernahm er nur noch ihre trampelnden Schritte, als sie die Holztreppe hinunterrannte.

Im Hof des Burggartenhotels standen die Einsatzfahrzeuge der Sanitäter und des Notarztes. Der Flur des Hotels war hell erleuchtet. Dort lag ein Mann leblos auf dem Rücken. Der Notarzt, der bis dahin vor ihm gekniet hatte, war gerade dabei sich zu erheben. Er schüttelte den Kopf.

Ulla eilte näher herbei. Lemur lag in einer riesigen Blutlache. Hinten im Flur stand händeringend Lucille Lemur.

Ulla zeigte ihren Ausweis. „Was ist?", fragte sie den Notarzt.

Der schüttelte erneut den Kopf. „Es ist vorbei. Da kommt jede Hilfe zu spät."

„Hat irgendjemand etwas gesehen?", rief Ulla an die umstehenden Zuschauer gewandt. Aber sie erhielt keine Antwort. Es hatte wohl niemand etwas mitbekommen.

Leyendecker war inzwischen auch eingetroffen. „Ich befrage die Witwe. Kannst du dich inzwischen um das übliche Prozedere kümmern?"

Leyendecker nickte lediglich.

„Gibt es noch einen anderen Zugang?", rief sie der Witwe zu. Ulla wollte nicht durch den Flur gehen, damit sie keine etwaigen Spuren verwischte.

„Unten im Erdgeschoss gibt es noch eine Tür, von der aus führt eine Treppe nach hier oben. Ich komme Ihnen entgegen", versprach Lucille Lemur.

Die Tür war abgeschlossen, wurde aber gleich geöffnet. Lucille Lemur führte Ulla in ein Wohnzimmer, was durchaus gemütlich wirkte. Ulla hatte es bei der Durchsuchung ja bereits gesehen. Der Fernseher lief.

Die Witwe wirkte recht gefasst und deutete auf einen blauen Ledersessel. Sie setzte sich gegenüber auf die dazugehörige Couch.

„Fühlen Sie sich in der Lage, mir einige Fragen zu beantworten? Soll der Notarzt Ihnen vielleicht eine Tablette geben?"

Lucille Lemur schüttelte den Kopf. „Fragen Sie nur. Ich fürchte nur, ich habe nicht viel mitbekommen."

„Erzählen Sie einfach, was aus Ihrer Sicht geschehen ist. Versuchen sie sich so gut wie möglich zu erinnern", forderte Ulla sie auf.

„Das ist schnell erzählt. Es hat geläutet. Charles ist nach draußen gegangen, um nachzusehen, wer da ist."

„Nach einiger Zeit habe ich mich gewundert, dass er noch nicht zurückgekommen ist, und habe nachgeschaut, wo er bleibt. Da lag er dann da. Ich habe dann die 112 gewählt. Mehr kann ich Ihnen nicht sagen."

„Sie haben nichts gesehen oder gehört?"

„Überhaupt nichts. Der Fernseher lief."

„Hat er noch Besuch erwartet?", erkundigte Ulla sich.

„Ganz sicher nicht. Er hat sich noch gewundert, wer um diese Zeit noch schellt."

„Ich lasse Sie dann erst mal in Ruhe. Hier ist meine Karte, rufen Sie mich an. Jederzeit. Haben Sie jemanden, der sich um Sie kümmern kann? Soll ich jemand anrufen?"

„Lassen Sie nur. Ich komme schon zurecht."

Es wurde eine lange Nacht. Man hatte versucht, die Gegend um Hachenburg abzusperren, aber das war aufgrund des geringen Personals so gut wie unmöglich. Jedenfalls kam dabei nichts Zählbares heraus.

Leyendecker hatte veranlasst, dass noch in der Nacht die Besucher der Shisha-Bar und die Anwohner befragt wurden.

Gegen vier Uhr gingen sie nach Hause, um doch noch für zwei Stunden Schlaf zu finden.

Am nächsten Morgen griff Leyendecker zu einer ungewöhnlichen Maßnahme. Er veranlasste, dass mit Lautsprecherwagen durch die Stadt gefahren wurde, um all diejenigen aufzufordern, sich zu melden, die sich am Vorabend in der Nähe des Burggartenhotels befunden hätten, um etwaige Beobachtungen mitzuteilen.

Inzwischen war auch wieder Höbel aufgetaucht, den man aufgrund der Ereignisse nach Hachenburg beordert hatte. Gemeinsam verfassten sie eine Pressemitteilung.

Gegenüber dem SWR und dem örtlichen Fernsehsender gab er ein entsprechendes Statement ab, das noch am gleichen Tag gesendet werden sollte.

Es gingen tatsächlich zahlreiche Hinweise ein, die aber erst einmal ausgewertet werden mussten. Eine heiße Spur war zunächst nicht zu erkennen.

Bei aller Hektik, die herrschte, schien es Leyendecker geboten, sich einmal in aller Ruhe zusammenzusetzen, um alles noch einmal neu zu bewerten. Er rief daher Ulla und Höbel zu einem Gespräch zu sich.

„Der Überfall auf Lemur ist ja nun ein paar Stunden her, und wir haben uns vermutlich alle unsere Gedanken gemacht. Es erscheint mir an der Zeit, dass wir unsere gegenseitigen Überlegungen teilen."

„Nach meiner Meinung sind die uns zuvor gekommen", stellte Höbel fest.

„Wie meinen Sie das?", fragte Ulla. „Was bedeutet zuvor gekommen?"

„Das will ich Ihnen sagen", erklärte Höbel. „Die haben von der Verhaftung in Koblenz erfahren und haben Lemur beseitigt, weil er die einzige Verbindung zu den eigentlichen Drahtziehern ist. Die anderen kennen nur Lemur und Nastasic. Jetzt sind beide tot."

„Eine frappierende Logik", fand Leyendecker. „Es stellt sich nur die Frage, wie die so schnell davon erfahren konnten. Ich gehe mal davon aus, dass dieser Quast keine Gelegenheit hatte, die Informationen weiterzugeben. Ganz abgesehen davon, dass er die Hintermänner vermutlich nicht kannte. Quast hätte also Lemur anrufen und Lemur diese Informationen an seine Hintermänner weitergeben müssen, was letztendlich zu seinem Tod führt. Eine absurde Situation. Das scheint mir doch sehr fraglich."

„Zugegeben, das scheint zunächst unwahrscheinlich, aber diese Leute haben überall ihre Quellen."

„Auch bei der Polizei?", fragte Ulla.

„Vielleicht auch bei der Polizei. Aber es haben letztlich mehrere Personen von all dem gewusst, denken Sie nur an diese Saskia Keller. Mit Sicherheit reißen sich die Zeitungen doch geradezu um ein Interview. Vermutlich hat sie ihren Freunden und Bekannten doch alles schon getwittert. Heutzutage verbreiten sich solche Nachrichten in Windeseile."

„Ich kann im Moment auch keine bessere Lösung anbieten", bemerkte Ulla. „Aber da ist so ein Gefühl, dass die Morde an Lisa Sommer und Charles Lemur einen ganz anderen Zusammenhang haben."

„Wie dem auch sei", fand Leyendecker. „Wenn Herr Höbel recht hat, wird es sehr schwer, die Schuldigen zu finden, oder besser gesagt, sie dingfest zu machen."

Kapitel 14

Ulla hatte bereits Feierabend gemacht. Sie wollte noch ein paar Lebensmittel kaufen. Leyendecker fielen die Augen zu. Er musste dem wenigen Schlaf der vergangenen Nacht doch Tribut zollen. Morgen war auch noch ein Tag.

Als er den Hof der Dienststelle verließ, hielt ein Wagen neben ihm.

Der Fahrer stieß die Beifahrertür auf. „Steigen Sie bitte ein, Herr Leyendecker, unser Chef hätte gerne mit Ihnen gesprochen."

Das war sicher wieder irgendein Journalist, der sich Zusatzinformationen erhoffte. „Es steht alles in der Presseverlautbarung", brummte Leyendecker und ging weiter.

Der Wagen fuhr hinter ihm her, und die Tür ging erneut auf. „Darum geht es nicht. Er hat wichtige Informationen für Sie."

„Warum kommt er dann nicht auf die Dienststelle und macht eine Aussage?"

„Er will keine Aussage machen. Er will mit Ihnen sprechen. Es ist wichtig."

„Für wen ist es wichtig? Für ihn oder für mich?"

„Ich denke es ist für beide wichtig, in erster Linie aber für Sie. Nun steigen Sie schon ein. Es dauert auch nicht lange. Ich fahre Sie dann nachher heim."

Eigentlich war Leyendecker viel zu müde, aber eine innere Stimme veranlasste ihn dann doch, in den Wagen zu steigen.

Der Wagen fuhr in Richtung Marienstatt. Vielleicht soll ich ihn im Brauhaus treffen, dachte Leyendecker. Auf ein dunkles Bier hätte ich durchaus Lust. Aber vermutlich schlief ich danach sofort ein.

Auf dem Parkplatz vor der steinernen Brücke stand eine dunkle Limousine, die Leyendecker von Höbels Fotos kannte. Nun konnte er sich denken, wer sich da mit ihm treffen wollte. Seinen Müdigkeit war auf einmal verflogen und hatte gespannter Neugier Platz gemacht.

„Geben Sie mir bitte Ihr Handy und Ihre Waffe", bat der Fahrer.

Leyendecker schaltete sein Handy aus und übergab es. „Ich denke nicht daran, einem Fremden meine Waffe zu überlassen."

„Denken Sie noch einmal nach", bat der Mann. „Wenn Sie mir Ihre Waffe nicht übergeben, darf ich Sie nicht vorlassen."

Leyendecker hätte schon gern gehört, was der Mann in der Limousine ihm zu sagen hatte.

„Also gut", sagte er schließlich. „Ein Kompromiss. Ich lasse Ihnen das Magazin hier."

„Ich glaube, darauf kann ich mich einlassen. Laden Sie noch einmal durch, damit keine Patrone mehr im Lauf ist", bat der Mann. „Alles klar. Gehen Sie zu dem Wagen und setzen Sie sich auf den Hintersitz."

Leyendecker tat wie geheißen. Die hinteren Sitze waren leer. Zum Fahrer- und Beifahrersitz war die Sicht durch eine dunkle undurchsichtige Rauchglasplatte versperrt.

„Schließen Sie bitte die Tür, Herr Leyendecker." Offenbar waren irgendwo Mikrofon und Lautsprecher integriert. „Ich danke, dass Sie meiner Einladung gefolgt sind. Ich denke, was ich Ihnen zu sagen habe, ist für beide Teile wichtig."

„Zuerst wüsste ich gerne, mit wem ich es zu tun habe. Ich habe so eine Vermutung, hätte die aber gern bestätigt."

„Mein Name tut nichts zu Sache. Ich vertrete eine Gruppe von Investoren. Trotzdem, wer bin ich denn Ihrer Meinung nach?"

„Sagt Ihnen der Name Uhrviech was?"

Ein herzliches Lachen war zu hören. „Der Name sagt mir tatsächlich was. Sie meinen Clemens Uhr. Der war vor mehr als zehn Jahren mal eine große Nummer. Meines Wissens hat der sich zur Ruhe gesetzt. Ich habe schon ewig nichts mehr von dem gehört. Es hieß, er sei irgendwo in der Karibik, Golfen und Hochseeangeln."

Leyendecker glaubte kein Wort, hörte er doch trotz der verzerrten Stimme einen leichten bayrischen Akzent heraus.

„Wie ich schon sagte. Ich vertrete eine Gruppe von Investoren. Wir sind immer auf der Suche nach neuen Ideen. Neudeutsch sagt man heute auch Start-ups. Ich erzähle Ihnen ohne Umschweife, wie alles begonnen hat.

In der JVA Diez teilten ein gewisser Karl-Heinz Mauer und ein Goran Nastasic eine Zelle."

Auf diese Verbindung hätten wir auch selbst kommen können, dachte Leyendecker.

„Sie kennen ja beide. Mauer war einer dieser Blender und Nastasic ein typischer Gangster. Mauer hatte damals schon die Idee zu dieser Sekte. Gemeinsam entwickelten Sie einen Plan. Die Idee kam Ihnen, weil in der JVA alle Post an die Insassen untersucht wird, ob das Papier nicht mit Rauschgift imprägniert ist. Nastasic trug uns diese Geschäftsidee vor. Zufällig hatten wir zwei hoffnungsvolle Nachwuchswissenschaftler, einen Botaniker und einen Chemiker, bei der Hand, die ein sehr vielversprechendes Produkt entwickelt hatten. Als also dieser Nastasic an uns herantrat, beschlossen wir, einen Feldversuch zu starten, wie das bei allen Produkten vor der endgültigen Markteinführung üblich ist.

Wir finanzierten diesem Mauer also seine Sekte oder Bruderschaft und nutzten sie gleichzeitig als Tarnung. Wie ich schon sagte, es war lediglich ein Test der Marktreife. Später hätten wir andere, weniger kostenintensive Vertriebswege genutzt, weil wir mit dem *Neuen Licht* kaum unsere Kosten deckten.

Leider ist die Sache nun aufgeflogen. Es wird eine Zeit dauern, bis wir einen neuen Versuch starten. Aber der wird kommen."

„Soweit haben wir uns das schon gedacht. Aber ich frage mich, warum Sie mir das alles erzählen? Wir haben zwei Morde aufzuklären, und da ist Ihre Organisation noch lange nicht aus dem Schneider. Feldversuch hin oder her. Versuchen Sie nicht, das zu verniedlichen."

„Sie haben recht. Ich bin ganz Ihrer Meinung. Und genau hier beginnen unsere gemeinsamen Interessen."

„Das sehe ich nun ganz und gar nicht", fand Leyendecker.

„Ich will es Ihnen erklären. Sie wollen zwei Morde aufklären und werden dabei so lange Dreck aufwühlen, bis etwas davon an uns hängen bleibt. Deshalb ist uns daran gelegen, Ihre Aktivitäten in die richtigen Bahnen zu lenken. Mit den beiden Morden haben wir nämlich nicht das Geringste zu tun."

„Genau das glaube ich nicht. Bei dem Mord an Lisa Sommer ist Ihr Vasall Nastasic aus dem Ruder gelaufen. Und mit dem Mord an Lemur haben Sie die Verbindung zu sich endgültig unterbrochen. Die anderen haben nämlich keinen Ahnung, wer tatsächlich hinter allem steckt."

„Lemur kannte die Verbindung nicht. Unser Ansprechpartner war Nastasic. Ich weiß aber, warum Sie das glauben. Meinen Sie wirklich, wir hätten Ihren jungen Kollegen auf dem Parkplatz beim Wildpark nicht bemerkt, auch wenn wir damals noch nicht wussten, dass es sich um Ihren Kollegen handelt. Lemur saß im selben Auto wie

Sie jetzt. Könnten Sie eine zuverlässige Beschreibung abgeben? Und selbst wenn, warum hätte er etwas verraten sollen? Was konnte ihm schon passieren? Beihilfe zu Rauschgifthandel in einem minderschweren Fall? Vermutlich ist ein geschickter Verteidiger auch in der Lage, alle Beteiligten rauszuhauen. Es ist doch sehr zweifelhaft, ob die fragliche Substanz überhaupt unter das BTM-Gesetz fällt.

Ich darf mich nun bei Ihnen für Ihre Geduld bedanken, Herr Leyendecker und wünsche Ihnen auf der Suche nach den Mördern alles Gute. Vielleicht ist der Mörder in beiden Fällen ja derselbe."

Der andere Mann hatte gewartet und gab ihm problemlos Handy und Pistole zurück. Dann fuhr er ihn vor sein Haus. Sie wussten also, wo er wohnte.

„Wer hat dich denn heimgefahren?", fragte Ulla.

„Das ist eine lange Geschichte. Gibt es etwas zu essen?"

„Ich habe Rumpsteaks gekauft."

„Das passt. Danach werde ich dir bei einem Glas Wein alles erzählen. Ich weiß allerdings nicht, was ich von all dem halten soll."

Durch die Veröffentlichung in der Presse hatten sich zahlreiche Zeugen gemeldet. Jeder, der im laufenden Betrieb nicht unbedingt benötigt wurde, war damit beschäftigt, die vielfältigen Hinweise abzuarbeiten. Es war doch immer wieder erstaunlich, wie viele Menschen um diese Uhrzeit noch in der Gegend unterwegs waren, in der Nähe geparkt hatten oder vorbeigefahren waren. Sämtlichen Hinweisen gingen sie nach. Da Leyendecker alle anderen Arbeiten, soweit sie nicht sofort erledigt werden mussten, verschoben hatte, konnten die meisten Hinweise zügig abgearbeitet werden. So gehörte beispielsweise der geheimnisvolle PKW, der in der Nacht auf dem Parkplatz zwischen Katholischem Kindergarten und Burggarten geparkt war, einer Erzieherin. Er war einfach nicht angesprungen und musste am folgenden Tag abgeschleppt werden.

Am Schluss des Tages waren lediglich drei Zeugenaussagen nicht ausermittelt. Wer waren die beiden Mountainbiker, die ohne Beleuchtung die Straße „In der Burgbitz" befahren hatten? Wer hatte auf der gleichen Straße gehalten und etwas Schweres in den Kofferraum geladen? Wer war der Mann im Parka, der in der Straße stand und auf jemand zu warten schien?

„Augenblick", sagte Ulla und nahm sich den Vorgang Lisa Sommer zur Hand. „Unter Parka verstehen doch die meisten Leute dieses hässliche Ding aus den Siebzigern. So einen habe ich von den Zeugenaussagen im Fall Lisa Sommer in Erinnerung."

„Du meinst, bei einer dieser Aussagen hätte ein Parka eine Rolle gespielt?", erkundigte sich Leyendecker.

„Nicht doch", unterbrach Höbel. „Aber Frau Stein hat recht. Dieser Alexander Staab trug so ein Ding."

„Ich erinnere mich. Der stand doch irgendwie auch auf der Liste der Verdächtigen."

„Nicht wirklich", erklärte Ulla. „Außerdem hatte er ein Alibi."

„Welcher Art war dieses Alibi", erkundigte sich Leyendecker.

„Sein Handy war in Vallendar eingeloggt. Außerdem hat er an seinem Blog gearbeitet. Der Computer stand ebenfalls in Vallendar. Das haben Nachfragen beim Provider und eine Überprüfung des Computers ergeben, der er zugestimmt hat."

Leyendecker sah die beiden erstaunt an. „Ihr wollt mir also erzählen, sein Alibi stammt von zwei Maschinen? Ich habe ja nun wirklich keine Ahnung von der Materie, aber ich glaube, diese Maschinen machen immer noch das, was man ihnen sagt. Hat jemand überprüft, ob er mit dem Handy mit jemand gesprochen hat und wie lange. Hat ihn jemand angerufen, und es war nur der Anrufbeantworter dran? Hat er an seinem Blog gearbeitet oder war er lediglich eingeloggt?"

Ulla und Höbel schauten sich betreten an. „Er war nur ein Zeuge. Die Verbindungsdaten seines Handys hätten wir nie erhalten", gab Höbel zu bedenken.

„Es scheint, als müssten wir uns den Vogel noch einmal vorknöpfen", erklärte Leyendecker.

Er griff zum Telefon. Die gewünschte Person ging dran. „Entschuldigen Sie, Frau Adler", sagte er. „Eine Frage an Sie als Journalistin. Sagt Ihnen der Name Alexander Staab etwas?"

„Richtig, Sie haben ja da diesen toten Sektenführer. Ich bin Ihnen doch recht böse, dass Sie mir da im Vorfeld keine Informationen gegeben haben, und ich auf Ihre allgemeine Pressemitteilung angewiesen war. Wundert mich nicht, dass Staab in diesem Zusammenhang bei Ihnen aufgetaucht ist."

„Warum wundert Sie das nicht?", erkundigte sich Leyendecker.

„Unter uns gesagt, dieser Mensch ist total verrückt. Er gibt sich als Journalist aus, hat aber keinerlei Qualifikation. Im Zusammenhang mit Sekten oder Religionsgemeinschaften hängt er abstrusen Verschwörungstheorien nach, die er nicht beweisen kann. Er hat öfter einmal versucht, einen entsprechenden Artikel bei uns unterzubringen. Aber nie wurde einer angenommen. Er war wohl schwer traumatisiert und hat viele Jahre in der Jugendpsychiatrie verbracht. Er behauptet, er gehöre zu den Opfern der Sonnentempler."

„Irgendetwas war doch mit diesen Sonnentemplern."

„Es gab mehrere Massaker, darunter zwei Anfang Oktober 1994 in der Schweiz. Vielleicht geben Sie es mal in eine Suchmaschine ein. Da werden Sie eine ganze Menge finden. Er behauptet, er sei einer der Überlebenden. Offiziell hat allerdings keiner überlebt."

„Ich danke Ihnen, Frau Adler. Sie haben mir sehr geholfen."

„Denken Sie daran, Herr Leyendecker. Umsonst ist der Tod, und eine Hand wäscht die andere."

„Das waren sechs Euro fürs Phrasenschwein", sagte Höbel, als Leyendecker aufgelegt hatte. „Aber im Ernst, das gibt den beiden Fällen eine völlig neue Wendung."

„Worauf warten wir noch?", fragte Ulla.

Höbel hatte zunächst Verstärkung anfordern wollen. Aber Ulla hatte gemeint, dass es sich doch lediglich um eine Befragung handeln würde. Da sei das nicht notwendig.

Leyendecker war schon bewusst, dass er und Ulla in Vallendar keine Zuständigkeit hatten. Aber da Höbel und Ulla wohl darüber hinweg sahen, hatte er darauf bestanden, dass er mitkam und alle drei ihre Schutzwesten anzogen. Aber Staab hatte bisher keine Schusswaffen eingesetzt, sodass er von keiner akuten Gefahr ausging.

Sie klingelten an der Eingangstür der Einliegerwohnung eines bescheidenen Anwesens in einer Seitenstraße von Vallendar.

„Wer ist da?", hörten sie. Der Gesuchte war also zu Hause.

„Hier ist die Polizei!", rief Höbel. „Öffnen Sie bitte die Tür!"

„Sie ist unverschlossen. Kommen Sie nur herein", war zu hören.

Höbel nahm die Waffe aus dem Halfter und bedeutete den Kollegen aus Hachenburg zurückzutreten und in Deckung zu gehen. Dann stieß er, die Pistole im Anschlag, die Tür auf und stürmte in den Raum.

Diese Vorsichtsmaßnahme wäre nicht notwendig gewesen. Staab saß an seinem Computer und drückte eine Taste. Dann trank er einen Schluck aus einem bereitstehenden Glas und erhob sich. „Da sind Sie ja. Ich hatte Sie schon erwartet."

Ulla mochte ihren Augen nicht trauen. Zweifellos war das der Alexander Staab, den sie vor ein paar Wochen als Zeugen vernommen hatten. Aber sie hatte den Eindruck, dass da ein völlig anderer Mensch vor ihnen stand. Von all der Verunsicherung und Unbeholfenheit, die damals den ganzen Menschen auszumachen schien, war nichts mehr zu merken. Er strahlte eine Selbstsicherheit aus, die sie ihm niemals zugetraut hätte. Es schien fast so, als sei er seit damals einige Zentimeter gewachsen.

„Wir möchten Sie nochmals zur Ermordung von Lisa Sommer und erstmals zur Ermordung von Charles Lemur befragen. Ich mache Sie darauf aufmerksam …"

„Schon gut", unterbrach Staab Höbel mit einem zufriedenen Lächeln. „Sie brauchen nicht weiter zu reden. Ja, ich war es." Seine Stimme klang ruhig und fest. Es war keinerlei Bedauern zu hören, eher Erleichterung und Stolz. „Sie hatten es verdient, alle beide. Lisa hat mich verraten. Sie hatte sich mit dem Gift dieser Leute infiziert. Sie hat mich angerufen und mir erklärt, sie würde dieser Gemeinschaft beitreten. Ich habe mich mit ihr verabredet, um ihr ins Gewissen zu reden. Aber als sie kam, trug sie dieses Tuch und hatte nur Hohn und Spott für mich übrig. Da bin ich ausgerastet. Es ist einfach so geschehen. Ich konnte nicht anders."

„So ganz kann das aber nicht stimmen", unterbrach ihn Ulla. „Sie sind mit der festen Absicht nach Hachenburg gefahren, sie zu töten. Sonst hätten Sie nicht so akribisch Ihr Alibi konstruiert."

„Sie hätte jederzeit auf den rechten Weg zurückkehren können. Dann wäre ihr nichts passiert. Aber ihr war nicht mehr zu helfen. Mir blieb keine andere Wahl. Und was diesen Lemur betrifft, er gehörte zu den Leuten, deren Gift soviel Leid über die Menschheit bringt. Diesen Menschen muss Einhalt geboten werden. Da ist jedes Mittel recht. Es steht alles in meinem Blog, den ich soeben beendet habe. Lesen Sie ihn, und Sie werden mich verstehen."

Bevor er weiterreden konnte, trat weißer Schaum aus seinem Mund. Er versuchte, noch einmal zu lächeln, aber es gelang ihm nur noch eine verzerrte Grimasse. Dann fiel er vornüber und blieb reglos liegen.

„Er hat sich vergiftet. In dem Glas war Gift." Ulla rannte zu dem am Boden Liegenden und fühlte seine Halsschlagader. „Ich glaube, da kommt jede Hilfe zu spät. Ich rufe trotzdem den Notarzt."

Während Ulla telefonierte, ging Leyendecker nach draußen und holte sein Handy aus der Tasche. „Hallo Frau Adler, hier ist Leyendecker. Lesen Sie Alexander Staabs Blog. Diesen Hinweis haben Sie aber nicht von mir."

Hachenburger Morde aufgeklärt
Von unserer Reporterin Danika Adler

Die Morde an einer jungen Frau und dem Führer einer obskuren Gemeinschaft, die das kleine Westerwaldstädtchen Hachenburg erschütterten, sind aufgeklärt.

Grund war offenbar ein diffuser Hass auf Sekten und ähnliche Gemeinschaften. Alexander S. hat die beiden Morde in seinem Blog gestanden und versucht zu begründen. Alexander S. ist der Redaktion bekannt. Er arbeitete als selbst ernannter investigativer Journalist, der seine einzige Aufgabe darin sah, gegen Gemeinschaften dieser Art anzukämpfen.

Er behauptete von sich, er sei ein Überlebender der Massaker der der sogenannten Sonnentempler, bei denen am 4. und 5. Oktober 1994 an zwei Orten in der Schweiz insgesamt 48 Menschen, darunter viele Kinder, ums Leben kamen. Allerdings gab es damals offiziell keine Überlebenden.

Ob Alexander S. damit die Wahrheit sagte, oder ob er sich das alles nur einbildete (er war mehrere Jahre in psychiatrischer Behandlung), mag dahingestellt bleiben. Jedenfalls wurde er von allen nur als harmloser Spinner angesehen, dem niemand solche Taten zugetraut hätte.

Seiner Festnahme entzog er sich durch Freitod.

Im Zusammenhang mit den Ermittlungen gelang es der Polizei, eine Entführung und eine Geiselnahme zu beenden. Außerdem wurde ein Drogenring zerschlagen.

Leyendecker legte die Zeitung beiseite. „Frau Adler hat es also doch noch in die heutige Ausgabe geschafft. So wie es aussieht, ist sie die Einzige."

„Dank deiner Hilfe", sagte Ulla. „Ist damit für uns der Fall beendet?"

„Ich denke schon. Es wurde ja der blutbefleckte Parka gefunden. Außerdem das goldene Halstuch mit dem Sonnensymbol. Anscheinend hatte er das als Trophäe behalten. Ich bin froh, dass alles vorbei ist."

„Und die Hintermänner des Drogenhandels?"

„Die werden wohl davonkommen, wie so oft."